Das Gespräch am Strand

Das Gespräch am Strand

Kalea ist eine junge Frau, die sich während ihres Urlaubs auf Hawaii mit sich selbst auseinandersetzen möchte. Ihre ständige Gefährtin ist Luana, ihr inneres Kind. Luana begleitet Kalea auf deren Reise zu mehr Selbstakzeptanz und Selbstliebe. Auf Hawaii begegnet Kalea dem Weisen Nalu, der ihr ein Säckchen schenkt, denn Kalea ist Nalus *Bestimmte*. Nalu erzählt Kalea Geschichten von der Liebe, aber auch von Zweifeln. Er rät ihr, das Leben anzunehmen, lernt aber auch grundlegend wichtige Dinge von Kalea. Alani, Nalus verstorbene Ehefrau, lehrt Kalea die Achtsamkeit. Eine weitere wichtige Begegnung ist die mit Nalani, der Freundin Nalus, die gemeinsam mit Kalea mit Delfinen schwimmt.

Theresa Sophia Piendl beschäftigt sich seit dem Schreiben ihrer Bachelorarbeit wissenschaftlich mit den Themen Glück, Wohlbefinden und Zufriedenheit. Immer wieder stellt sie fest, wie viele Menschen mit sich und ihrem Leben unzufrieden sind. Mit ihrer ermutigenden und inspirierenden Erzählung möchte sie zeigen, dass jeder Mensch doch einzigartig ist.

THERESA SOPHIA PIENDL

Das Gespräch am Strand

Eine Erzählung über die Selbstliebe

Bibliografische Information der Deutschen Nationalbibliothek:
Die Deutsche Nationalbibliothek verzeichnet diese Publikation in der
Deutschen Nationalbibliografie; detaillierte bibliografische Daten
sind im Internet über dnb.d-nb.de abrufbar.

© 2025 **Theresa Sophia Piendl**
Illustrationen: Marie-Laure Kolb

Verlag:
BoD · Books on Demand GmbH,
Überseering 33, 22297 Hamburg,
bod@bod.de
Druck:
Libri Plureos GmbH,
Friedensallee 273, 22763 Hamburg

ISBN: 978-3-8192-1043-3

Inhalt

Dieses Buch widme ich dir, liebe Leserin, lieber Leser.

*Mögest du den Weg zu deinem inneren Kind finden
und lernen, dich selbst zu lieben.*

Vorwort:
Zwischen Deutschland und Hawaii

Ich bin Kalea. Seit Langem möchte ich nach Hawaii. Dort gibt es viele Delfine, viel Liebe und viel Natur. Auch viele liebevolle Menschen. Ich werde dort Zeit mit dem wichtigsten Menschen in meinem Leben verbringen: mit mir selbst. Damit meine ich: mit Luana, meinem inneren Kind. Sie ist in meinem Herzen. Luana ist ein Kind, das immer lacht und mit mir spielen will. Sie ist meine größte Verehrerin. Niemand wird mich jemals so sehr lieben wie Luana. Ich beschäftige mich viel mit Selbstakzeptanz und Selbstliebe. Mal sehen, ob ich diese beiden Dinge dort erneut erfahren werde. Nicht, dass ich nur deshalb meinen Urlaub auf Hawaii verbringe, um Selbstakzeptanz und Selbstliebe zu erfahren. Reisen bringt einen auch nicht unbedingt sich selbst näher. Ich kenne diese beiden Dinge: Selbstakzeptanz und Selbstliebe. Sie sind nicht immer da. Das ist auch in Ordnung so, denn das ist ein Prozess. Aber vielleicht bekomme ich auf Hawaii einen anderen Blickwinkel darauf. Auf das Leben. Auf mein Leben. Ich werde auf Hawaii sein der Delfine wegen, der Liebe wegen und der Natur wegen. Damit meine ich, erfahren zu wollen, wie Menschen am anderen Ende der Welt lieben, Liebe geben und Liebe empfangen. Ich blicke gerne über meinen Tellerrand hinaus und Hawaii fasziniert mich einfach. Ich lerne gerne dazu, und mal sehen, was mich mein Aufenthalt auf Hawaii lehren wird. Welche Erfahrungen werde ich machen? Werde ich ein weiteres Mal mehr Selbstakzeptanz und Selbstliebe erfahren? Werde ich jeden Tag am Meer sein? Wandern gehen? Welchen Menschen werde ich begegnen? Werde ich überhaupt Menschen begegnen, mit denen ich tiefgründige Gespräche führen kann? Das wird sich herausstellen.

Gespräch mit meiner Liebsten, Hawaii

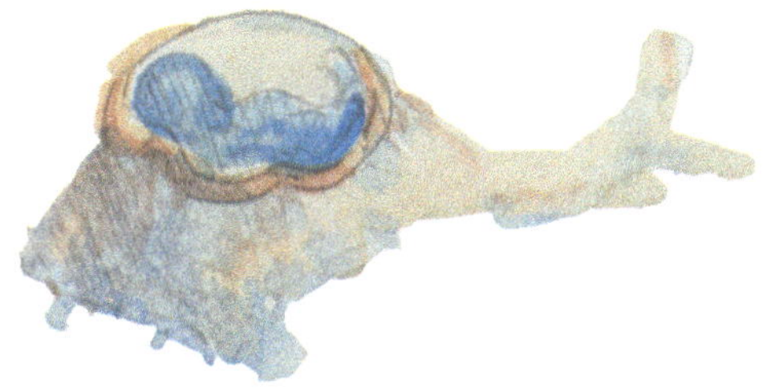

»Du«, sagt sie. »Ich hab' dich sehr lieb.« Ich sitze barfuß am Strand. Ich höre das Meer rauschen, außer mir ist niemand hier. Nur ich. Und sie. Sie, das ist Luana. Luana ist ein hawaiianischer Name und heißt »die Glückliche«. Luana. Das ist mein inneres Kind, meine Allerliebste. Sie ist nicht sichtbar, aber sie ist da. Den ganzen Tag ist sie für mich da, lacht mich an, strahlt und zieht mich hoch, wenn es mir nicht gut geht. Luana ist immer bei mir und immer fröhlich. Wenn jemand meine allergrößte Verehrerin ist, dann ist das Luana. Luana hat braune Augen und braune Haare. Wie ich hat sie eine schlanke Statur. Ihre Haare hat sie zu einem Dutt zusammengebunden, sie läuft barfuß und trägt gerne Kleider. Luana, die Glückliche. Sie steht gerne auf, dreht sich, fliegt, hüpft, lächelt und springt herum. Ich bin siebenundzwanzig Jahre alt und tue das auch gerne. Manchmal denke ich aber auch einfach zu viel nach. Ich gehe den Dingen gerne auf den Grund, merke aber stets, dass mich das nicht weiterbringt.

»Kalea, stell dir mal Folgendes vor«, beginnt Luana. »Vor uns ist ein Meer. Das Meer hat einen Grund. Auf dem Grund leben Lebewesen, kleine Tiere und Pflanzen. Aber tief unten, am Meeresgrund, ist es düster, dunkel und kalt. Egal, wo du dich hinbewegst, es bleibt düster, dunkel und kalt. Das hört sich doch nicht sehr schön an, oder?«

»Hm, ja«, antworte ich.

»Und jetzt stell dir vor, du bewegst dich ganz oben auf den Wellen. Da ist das Tageslicht, du spürst die Wasserspritzer der Wellen in deinem Gesicht und auf deinem Nacken, Salzgeruch liegt in der Luft. Ist das nicht eine unglaublich schöne Vorstellung?«

»Ja, Luana, du hast recht.«

»Willst du den Dingen auf den Grund gehen und dich an Stellen bewegen, an denen es düster, dunkel und kalt ist, oder willst du lieber bei einem schönen Sonnenuntergang auf den Wellen gleiten, den gelb-orange-roten Himmel in dich aufsaugen und dein Leben einfach genießen?«

»Mensch, Luana, du hast recht.«

»Na, das sage ich doch.«

Luana ist ein sehr schlaues inneres Kind. Ich liebe sie über alles. Sie hat die besten Ratschläge für mich, wenn ich manchmal nicht weiterweiß.

»Kalea, es ist deine Entscheidung. Musst du wirklich

auf alle Fragen Antworten finden? Musst du wirklich die absolute Wahrheit herausfinden? Du weißt genau, dass du dich auf diese Weise ständig auf der Stelle bewegst. Wenn du aber das Beste aus deinem Leben machen willst, so gleite auf den Wellen. Dann wirst du feststellen, dass es größere Wellen gibt, das heißt, es gibt schwere und stürmische Zeiten, aber auch kleinere Wellen, das Glück. Überwiegend sind die Wellen gut gelaunt, normal und schön.«

Ich denke nach. Luana läuft währenddessen ins Wasser und lässt es in die Höhe spritzen. Zugegeben, es gibt Tage, da ist das Leben nicht sehr einfach. In einer Welt voller künstlicher Intelligenz, Leistungszwang, Medien, Smartphones und technischem Fortschritt wird es zunehmend schwerer, man selbst zu sein. Möglicherweise ist es leichter, jemand anderes als man selbst zu sein. Viele Trends werden gesetzt, denen man ach so unbedingt folgen muss. Menschen werden durch Werbung und soziale Medien beeinflusst und manipuliert. Anscheinend wollen sie das. Man will ja jemand sein. Wenn man diesem oder jenem Trend nicht folgt, wer ist man dann schon? Ich will ich selbst sein. Ich bin jemand! Schon längst. Es erfordert viel Selbstvertrauen und Selbstbewusstsein, sich selbst treu zu sein und zu bleiben. Muss ich Instagram haben? Muss ich Tausende von Followern haben? Bin ich nur dann jemand, wenn ich all das habe? Nein. Definitiv nicht. Lieber bin ich ich selbst und stehe zu mir, als dass ich gewissen Trends nur folge, damit ich mich besser fühle. Ich bin Kalea, was auf Hawaiianisch »Freude« heißt. Ich will niemandem etwas vormachen. Natürlich gibt es auch

Tage in meinem Leben, die schwer sind, aber alles in allem liebe ich mein Leben. Ich bin dankbar für mein Leben. Ich bereue nichts, das ist sehr wichtig. Ich bin sehr stolz auf mich und habe viel erlebt. Wirklich. Jetzt werde ich zu Luana ins Meer gehen und mit ihr planschen, denn das liebe ich auch.

Meer, Sand und Strand

Vor mir erstreckt sich das weite Meer. Es hat eine so unendliche Kraft, die auf mich überschwappt, denn auch ich, Kalea, habe viel Kraft in mir. Es gab aber auch Zeiten, da war das anders. Ich war an einem Punkt in meinem Leben angelangt, an dem nichts mehr funktionierte. Ich hatte sehr viel Stress in meinem Beruf. Zudem war ich in einer Beziehung mit einem Mann, den ich eigentlich nicht liebte. Eines Abends brach ich emotional komplett zusammen, ich war mir selbst nichts mehr wert. Von da an war klar: Ich musste etwas ändern in meinem Leben. Ich musste an mir arbeiten, zurück in mein Leben finden, das so voller Liebe und

Sicherheit gewesen war. Viele liebe Menschen waren an meiner Seite. Sie gaben mir viel Unterstützung und wertvolle Ratschläge in dieser schwierigen Zeit, die von vielen Aufs und Abs gekennzeichnet war. In meinem Leben lief nichts mehr, außer vielen, sehr vielen Tränen. Hätte ich von all diesen Menschen keine Unterstützung bekommen, wer weiß, wie es dann gekommen wäre. Das Schlimmste war, ich hatte mich von mir selbst entfernt, mich selbst aus den Augen verloren, da ich andere Menschen für wichtiger hielt als mich selbst. Dann ging gar nichts mehr, ich brauchte Hilfe.

Eine liebe Person erzählte mir die Geschichte vom inneren Kind. Ich hatte davon einmal gehört, von diesem inneren Kind. Das ist die unendliche Stärke im Inneren eines jeden Menschen. Nur hatte ich diesen Zugang verloren. Karla, eine Bekannte, half mir, diesen Weg zu finden, den Weg zu meiner inneren Stärke, zu meinem inneren Kind. Ich fand ein Foto aus Kindheitstagen, auf dem ich in die Kamera strahlte. Ich kniete auf einem Strand, wo ich etwas aus Sand gebaut hatte. Mensch, was war ich glücklich auf diesem Foto. Was war ich für ein glückliches Kind. Was hatte ich für eine aufregende Kindheit. Die vielen Urlaube am Meer, was hatten die mir gutgetan. Aufgrund meiner stressigen Arbeit war ich immer empfindlicher geworden. Es war eine furchtbar schmerzhafte Zeit. Aber dann saß Karla mir gegenüber und ich hielt das Foto in meinen Händen, auf dem ich nur so lachte.

»Wie geht es dir, wenn du das Foto siehst?«, fragte Karla mich.

»Wunderbar. Es geht mir wunderbar.« Eine Träne kullerte über meine Wange.

Karla lehrte mich die Reise zu meinem Inneren, die mir mit meinem Foto als Kind gelang. Ich bekam einen Zugang zu diesem Strahlen in mir, Zugang zu meinem inneren Kind. Es war ein langer Prozess.

Irgendwann fragte Karla mich: »Möchtest du deinem inneren Kind einen Namen geben?«

Ich überlegte. Ich hatte als Kind nur so gestrahlt, was war ich für ein lebensfrohes Kind. Glücklich. Ja, glücklich. »Hm«, sagte ich. »Auf diesem Foto bin ich glücklich.«

»Das ist nicht zu übersehen.«

Ich lachte. »Am Meer, da bin ich einfach immer glücklich. Seit Jahren ist mein Lieblingstier der Delfin.«

Karla schmunzelte. »Weißt du, wo es Delfine gibt?«

»Na ja, an vielen Orten.«

»Was kommt dir in den Sinn, wenn du an Delfine denkst?«

Ich dachte nach. Delfine sind einfach liebenswerte Tiere. »Ich möchte gerne mit Delfinen schwimmen«, antwortete ich.

Karla strahlte. »Was kannst du unternehmen, um das zu tun?«

»An einen Ort reisen, wo das möglich ist.«

»Um auf meine Frage zurückzukommen: Weißt du, wo es Delfine gibt?«

»Ich habe gehört, auf Hawaii gibt es viele Delfine.«

Karla strahlte immer mehr.

Ich plötzlich auch. »Ich könnte nach Hawaii reisen

und mit Delfinen schwimmen!« Meine Augen weiteten sich, ein Zeichen der Freude.

»Weißt du, was ›Glück‹ auf Hawaiianisch heißt?«

»Sag es mir.«

»Luana‹. ›Luana‹, das heißt ›die Glückliche‹.«

»Wow«, sagte ich. »Das ist ein toller Name. Ich denke, ich habe einen Namen für mein inneres Kind gefunden.«

»Herzlichen Glückwunsch!«

»Aber …«

Karla sah mir tief in die Augen. »Was ist?«

»Na ja, mein inneres Kind heißt Luana, ›die Glückliche‹. Aber was ist mit mir?«

»Was soll mit dir sein?«

»Ich meine, ich hätte auch gerne so einen Namen.«

»Was hindert dich daran?«

Ja, was denn eigentlich, was hinderte mich daran? Was war ein ähnliches Wort wie Glück? Ich überlegte. Es fiel mir ein. »Jetzt weiß ich es!« Karla schaute gespannt. »Freude. Wenn mein inneres Kind das Glück ist, so will ich die Freude sein! Was heißt ›Freude‹ auf Hawaiianisch, welcher Name bedeutet ›Freude‹?«

»›Kalea‹. ›Kalea‹, das bedeutet ›die Freude‹.«

»Wow. Luana, ›die Glückliche‹ und Kalea, ›die Freude‹. Ist das nicht ein wenig komisch? Ich meine, ich heiße doch gar nicht so.«

»Du musst es ja niemandem verraten.«

Darauf war ich überhaupt nicht gekommen. Aber es stimmte. Wenn ich mit mir alleine wäre, würde ich Kalea sein. Die Vorstellung, dass ich einen Namen haben könnte, der »die Freude« bedeutet, machte mich sofort zu einem lebensfroheren Menschen. Ab sofort war ich Kalea. Für mich. Nur für mich. Für mich war klar, dass mein Leben nichts anderes als eine aufregende Reise ist. Nach den Gesprächen mit Karla stand für mich fest, dass ich eine Reise nach Hawaii machen möchte. Ich wusste, es würde keine einfache Reise werden. Ganz im Gegenteil. Die Reise, auf die ich mich begeben würde, würde eine schwierige werden. Aber in mir fühlte ich, dass ich das tun musste, auch wenn es hart werden würde. Ich würde es tun müssen, um mir selbst näherzukommen.

Seit Jahren waren Delfine meine Lieblingstiere. Seit Jahren träumte ich davon, mit ihnen zu schwimmen. Hawaii ist ein Ort mit Delfinen. Es ist ein Ort, wo die Menschen Namen haben, die etwas Wundervolles bedeuten. Mich faszinieren die dortige Kultur und die Landschaft. Außerdem gibt es dort schöne Strände, romantische Sonnenuntergänge und warmes Meer. Die Menschen dort vollziehen ein traditionelles Ritual, das sich »Ho'oponopono« nennt. Das ist eine Art Feier, bei der man sich aussöhnen und einander vergeben kann. Das wollte ich tun: mich mit mir selbst aussöhnen und mir vergeben. Nur so könnte ich auch anderen Menschen vergeben. Die Reise, die ich nach Hawaii unternehmen würde, dachte ich mir damals, sei nötig, um mich besser kennenzulernen. Sie würde eine Herausforderung werden, die ich meistern würde, wie ich schon vieles gemeistert habe.

Und jetzt stehe ich also am Meer, wo ich meine Füße tief in den warmen Sand grabe, der sich angenehm anfühlt. Erfüllt von Freude atme ich die salzige Meeresluft ein, die meine Lungen reinigt. Das tut gut, so viel Sauerstoff aufzunehmen, der mich am Leben erhält. Als ich meine Augen öffne, packt mich die Freude und ich renne hinein in das warme Wasser. Fröhlich und glücklich wie Luana renne ich, Kalea, hinein in das Meer und spüre das warme Salzwasser auf meiner Haut, was mir sehr guttut. Ich spritze Wasser in die Höhe, woraufhin ich einen Glücksschrei von mir gebe. Ich bin glücklich, jetzt. Ich bin im Hier und Jetzt, das ist es, was zählt. Ich bin mir so nah wie niemals zuvor. Ich akzeptiere mich voll und ganz und liebe mich so, wie es sich gehört.

Ich schließe Freundschaft
mit meinem inneren Kritiker

Wir kennen und verabscheuen ihn doch alle, irgendwie: unseren inneren Kritiker. Er erniedrigt uns, lässt uns an uns selbst zweifeln und meint doch tatsächlich, die Macht über uns haben zu müssen. Doch wozu das Ganze? Schließen wir doch einfach Freundschaft mit ihm, vielleicht geht er dann auch sanfter mit uns um.

Ist es denn nicht wichtig, sich diesem inneren Kritiker einmal zuzuwenden, sich ihm zu widmen? Immer wieder macht er sich bemerkbar, oft mit Äußerungen, die hinterfragt werden sollten. Wer kennt das nicht, kritisiert zu werden, sei es von anderen Menschen oder dass man selbst dieser Mensch ist. Der innere Kritiker sagt Dinge, die teilweise einfach nicht wahr sind. Vielleicht hilft es ja, ihn einfach mal mit »mein Liebster« anzusprechen, ihm die volle Aufmerksamkeit zu schenken und ihm zum Beispiel zu sagen: »Heute möchte ich mich um dich kümmern, mich mit dir auseinandersetzen, dich lieben lernen. Ja, ich möchte Freundschaft mit dir schließen, auch wenn du mich niedermachst. Ich möchte dich ehren lernen, auch wenn du mich ab und zu an mir selbst zweifeln lässt. Ich möchte dich besser kennenlernen, denn du scheinst auch mich zu kennen, aber – nimm es mir nicht übel – da bin ich mir manchmal nicht so sicher.

Liebster, ich schätze dich, denn du bist ein Teil von mir. Du bist wie ein kleines Wesen in meinem Kopf, das sich selbst Aufgaben schaffen, auch existieren möchte. Das tust du, denn schließlich setze ich mich mit dir auseinander, beschäftige mich mir dir, hinterfrage dich. Ja, ich bin ein skeptischer Mensch, ich liebe meinen Skeptizismus, und ja, ich denke, du kannst meinen Skeptizismus nicht leiden. Denn du möchtest nicht, dass ich dir skeptisch begegne. Das wird dir jetzt nicht passen, aber ich muss das tun.

Du existierst, du bist da. Manche Menschen, vor allem die, die mir sehr nahestehen, kritisieren mich sehr viel. In den wenigsten Fällen stimme ich ihnen zu. Mittlerweile, denn ich habe an mir gearbeitet. So sehr mich manche Menschen auch lieben, sie können mich auch kritisieren. Das ist nicht schlecht, jedoch sollte das nicht überhandnehmen. Und irgendwie bist du, mein lieber innerer Kritiker, die Stimme dieser Menschen. Aber wenn ich es mir recht überlege, liegt es an mir, ob ich das zulasse oder nicht. Manche Menschen meinen zu wissen, was das scheinbar Beste für mich ist, und kritisieren mich. Sie wollen mich zu einem tollen Menschen machen, scheinbar. Aber der bin ich doch längst, trotz meiner Makel und auch dann, wenn ich anders denke, reagiere, handle, mich verhalte, wie diese Menschen es von mir wünschen. Mein Bruder nannte mich immer ›kleines Schweinchen‹ in Anspielung auf meine Rundungen. Manchmal sind gewisse Menschen nicht da, um mich zu kritisieren, dann tue ich es selbst. Es ist in mir schon so verankert. Ist das nicht furchtbar?

Lieber innerer Kritiker, du beschimpfst mich, gehst mit mir hart ins Gericht. Das ist unfair. Ich weiß, du meinst es nur gut mit mir. Aber hab Vertrauen in mich, ich weiß, was das Beste für mich ist. Du kritisierst mich, damit die Kritik von anderen Menschen weniger schlimm für mich ist. Aber wie gehe ich so mit mir um? Das kann so nicht weitergehen! Ja, okay, ich habe einige Kilogramm zu viel auf der Waage, liebe Schokolade und Kuchen, aber manchmal darf das doch sein. Laut dir sollte ich das nicht mehr tun, aber was soll das? Es ist ja nicht so, dass ich das jeden Tag tue.

Mein guter Freund, ich hinterfrage dich, aber ich möchte auch, dass du weißt, dass ich dich mag. Ich mag dich sehr. Denn durch dich lerne ich, die Dinge zu hinterfragen, mein eigenes Verhalten zu reflektieren, mich mehr mit mir selbst zu beschäftigen. Wisse aber gleichzeitig, dass ich nicht immer auf dich hören kann, will und muss, denn du hast einfach nicht immer recht. So wie auch ich nicht immer recht habe. Ich bin sehr dankbar, dass es dich gibt. Ich möchte dich gar nicht vernichten oder verlieren, denn das ist nicht meine Art, ich möchte dich aber in mein Leben integrieren, möchte dich an meinem wunderbaren Leben teilhaben lassen, auch wenn du es mir manchmal schwer machst. Aber das ist gut, denn im Leben läuft schließlich auch nicht immer alles rund. Das Leben besteht aus vielen Stolpersteinen, Höhen und Tiefen. Wenn ich ausschließlich auf dich hören würde, würde ich nie Fehler machen, um daraus zu lernen. Ich bin ein lernfähiger Mensch, ich bin keineswegs perfekt und möchte unbedingt Fehler machen, um mich weiterzuentwickeln. Ich möchte in Zukunft eine bessere Version meiner selbst sein, ich möchte an mir arbeiten (mit deiner Unterstützung), aber gib mir auch die Chance, das zu tun. Vertrau mir, ich werde meinen Weg gehen, auch wenn es dir nicht immer passen mag. Und manchmal ist es auch wichtig, es einfach gut sein zu lassen.

Ich bin ein sehr ehrlicher Mensch mit einem gesunden Menschenverstand. Ich weiß um meinen Wert in dieser Welt Bescheid, tu' das Beste für meine Mitmenschen, ohne dass auch ich zu kurz komme. Ich bin selbst ein Kritiker, und das solltest du zu schätzen wissen, sonst würde ich dich nicht hinterfragen. So ist das alles in einem gesunden Gleichgewicht. Vieles beruht auf Gegenseitigkeit, also schätze dich glücklich. Du hast allen Grund dazu.

Und wenn wir mal wieder auf Kriegsfuß sind – na

gut, so drastisch ist es dann auch wieder nicht, dann lass uns streiten, und ich bin überzeugt, dass du und ich, dass wir beide das geregelt bekommen. Es wird immer ein Auf und Ab, ein Richtig und Falsch geben, so spielt das Leben. Und wenn es mal nicht so läuft, werde ich das akzeptieren, denn nach einem Tief wird wieder ein Hoch kommen und das ist dann umso besser. Insofern verspüre ich eine große Vorfreude, wenn es mal anders läuft als erwartet, denn ich weiß, dass sich das bald mit Gewissheit ändern wird.

Also, mein Liebster. Ich sage nicht: Du kannst mich mal! Ich sage: Ich mag dich.«

Gespräch mit Nalu

Ich mache es mir im Sand auf meinem Handtuch bequem, von wo aus ich Luana eine Weile beobachte. Ich lächle ihr zu, sie strahlt mich an. Ich beobachte die seltenen Ringschnabelmöwen, die über das Wasser gleiten und freudvolle Geräusche von sich geben. Sie schwingen durch die Luft, wo sie ihre fast unendliche Freiheit genießen. Das macht mich glücklich. Ich konzentriere mich auf eine etwas größere Möwe, die sich plötzlich ins Wasser stürzt. Als ich keinen Fisch in ihrem Schnabel erkennen kann, wird mir klar, dass der Fisch wohl schneller war. Ich grinse. Sie hat einen großen orangen Schnabel, mit dem sie sich ernähren kann, und ihr Gefieder ist etwas grau und weiß. Als sie sich neben mir niederlässt, erkenne ich das schwarze Ende ihrer Flügelfeldern und ihre demütigen Augen. Sie gluckst mich an, will wohl, dass ich ihr etwas zu fressen gebe, jetzt, wo es mit dem Fisch nicht geklappt hat. Aber ich werde das nicht tun, denn ich mische mich ungern in anderer Lebewesen Leben ein. Tiere können im Normalfall gut für sich selbst sorgen.

Ich lasse meinen Blick über die wunderschöne hawaiianische Landschaft schweifen. In der Ferne erstrecken sich zackige Bergketten, die hellgrün schimmern. Die gelbe Sonne glitzert am Himmel, was mich ebenso zum Strahlen bringt. Das türkisfarbene Wasser spiegelt die Sonne wider, was mich zusätzlich blendet. Mein Blick wandert wieder zu der Möwe, die Gesellschaft bekommen hat von zwei Artgenossinnen, die genüsslich einen Fisch verspeisen. Da wird die hungrige Möwe neidisch und weg ist sie. Ich grinse.

Luana kommt aus dem Meer zu mir gerannt. »Was machst du, Kalea?«

»Ich schreibe einen Brief an mich selbst.«

»Oh, wie toll, darf ich ihn lesen?«

»Aber natürlich, Liebes.«

Luana versinkt in die von mir geschriebenen Worte und lächelt. »Kalea, ich finde das wunderbar. Du beeindruckst mich. Ich sehe das auch so. Wenn ich bei dir bin, wird immer alles gut.«

Ich muss lachen. »Das weiß ich doch, meine Liebste, meine Allerliebste.«

»Hihi.«

»Was hältst du davon, wenn wir jetzt essen gehen?«

»Oh ja! Wo gehen wir hin?«

»Worauf hast du denn Lust, Luana?«

»Auf Poke!« Luana macht einen Freudensprung.

Wir fassen uns an der Hand und hopsen zu einem nahegelegenen Imbiss am Kliff, wo wir uns Poke holen. Ich esse genüsslich. Luana und ich gehen daraufhin an den Rand des Kliffs, wo wir uns auf eine Bank setzen. Der Ausblick ist herrlich. Ich habe das Gefühl, angekommen zu sein. Ich horche tief in mich hinein und überdenke mein Leben. Denke an eine sehr schmerzhafte Zeit zurück, und wenn ich jetzt auf mich schaue, stelle ich fest, dass ich ein überaus einzigartiger und zufriedener Mensch bin. Ein Lächeln überkommt mich. Ich bin ganz bei mir. Die Sonne glitzert auf dem Meer und erwärmt mein Gesicht. Ich nehme einen tiefen Atemzug und sinke ein wenig tiefer in die Entspannung. Kann ich in diesem Moment glücklicher sein? Nein, definitiv nicht.

»Darf ich mich setzen?«

Überrascht blicke ich auf. Ein alter Mann mit langen weißen Haaren steht vor mir. Er hat ein so freundliches Lächeln, das sofort auf mich überschwappt.

Grinsend bejahe ich. »Ja, sehr gerne.« Luana gefällt das.

»Verzeihen Sie mir, ich kenne Sie.«

Etwas verdutzt blicke ich ihn an.

Er lächelt. »Ich meine nicht, dass wir uns schon einmal begegnet sind. Dennoch muss ich sagen, dass ich Sie kenne.«

Ich spüre diese Verbindung.

»Ich bin Nalu.«

»Die Welle«, flüstert Luana mir zu. Lächelnd antworte ich: »Ich bin Kalea. Darf ich fragen, warum Sie sich zu mir setzen?«

»Aber selbstverständlich. Macht es Ihnen etwas aus, wenn wir ›du‹ zu uns sagen? Das erleichtert die Kommunikation und stellt eine Verbindung her.«

Ich nicke.

»Weißt du, Kalea, ein paar wenige Menschen fallen mir einfach auf. Du gehörst dazu. Ich habe dich gesehen, als du zum Kliff gegangen bist. Du hast so etwas Herzliches, Neugieriges und sehr Intelligentes.«

»Aber so sind doch viele Menschen.«

»Nein.«

Ich muss kichern.

»Wie alt schätzt du mich, Kalea?«

»Hm …«

»Fünfundachtzig Jahre«, flüstert Luana. Könnte hinkommen. »Fünfundachtzig Jahre?«

»Fast richtig. Heute werde ich sechsundachtzig Jahre alt.«

»Oh, herzlichen Glückwunsch, Nalu.«

»Danke. Deswegen bin ich aber nicht hier.«

»Hm. Ich weiß.« Ich kichere. »Jetzt hast du meine Frage aber noch nicht beantwortet.«

»Das tue ich jetzt. Dazu ist es aber nötig, dass du mein Alter kennst, Kalea.«

»Oh.«

»Ich bin sechsundachtzig Jahre alt und kenne nur wenige Menschen, die eine solche Herzlichkeit, Intelligenz und Neugierde ausstrahlen.«

Ich blicke ihn gerührt an. »Meinst du das wirklich?«

»Ja.«

Ich werde traurig.

»Kalea, das meine ich mit herzlich, deine Reaktion. Es geht dir nahe. Sagst du von dir selbst auch, dass diese drei Eigenschaften auf dich zutreffen?«

»Ja, Nalu, ja.«

»Wie alt bist du?«

»Ich bin siebenundzwanzig.«

Nalu lächelt. »Du erinnerst mich an mich selbst, als ich so alt war wie du.«

»Wie warst du denn?«

»Herzlich, intelligent und neugierig.«

Ich muss lachen. »Du gefällst mir, Nalu.« Ich mag diesen Mann, stelle ich fest. Kommt der einfach zu mir her und spricht mich an. Er strahlt so etwas Charismatisches aus, weshalb ich beschließe, dass ich, wenn ich so alt sein werde wie Nalu, auch einmal so eine Ausstrahlung haben möchte. Ich möchte so eine Ruhe ausstrahlen, in meiner Mitte sein. Ich denke, nach allem, was ich hinter mir habe, bin ich auf dem besten Weg. Nalu reißt mich wieder aus meinen Gedanken.

»Es ist vollkommen in Ordnung, mal traurig zu sein. Wichtig ist, dass wir die Dinge hinterfragen und uns abgrenzen.«

Ich muss lachen.

»Du scheinst ein empathischer Mensch zu sein.«

»Ja, das bin ich«, antworte ich.

»Sieh das als Gabe.«

»Ja. Ja, das tue ich.«

Eine Weile lassen wir beide unseren Blick über das glitzernde Meer schweifen. Ich bin vollkommen im

Einklang mit mir. Ich fühle eine innere Ruhe und Zufriedenheit in diesem Moment, den ich mit meinem neuen Bekannten Nalu teile. Ich fühle mich so unendlich stark und bin so stolz auf mich, auf das, was ich alles bewältigt habe.

»Kalea, ich möchte dir etwas schenken.«

Meine Augen werden groß.

Er fasst in einen Beutel und wühlt darin herum. Was das wohl sein mag?

Er legt einen braunen kleinen Beutel vor mich auf den Tisch. »Er ist aus Leinen, ich habe ihn selbst gemacht.«

Ich lächle.

»Ich hatte drei davon. Den ersten habe ich mit fünfzehn Jahren meiner Lehrerin geschenkt. Ich habe viel von ihr gelernt. Mit achtundzwanzig Jahren habe ich den zweiten meiner Frau geschenkt.« Er hält inne. »Wir haben uns kennengelernt, da waren wir siebzehn. Ich habe ihn meiner Frau zu unserer Hochzeit geschenkt. Sie ist letztes Jahr gestorben. Sie hieß Alani, das bedeutet ›Orangenbaum‹ oder ›Orangenfrucht‹.« Eine Träne kullert über meine Wange.

Ich bin gerührt. »Das tut mir leid.«

»Ach, Liebes.«

Nalu ist ein zufriedener Mensch, jedenfalls wirkt er so auf mich, und scheint mit sich selbst im Einklang zu sein, das spüre ich.

»Sie hatte ihr Alter erreicht. Das Letzte, was ich zu ihr gesagt habe, bevor sie in meinen Armen eingeschlafen ist, war: ›Ich liebe dich.‹ Wir hatten eine erfüllende und glückliche Beziehung. Natürlich gab es auch viele Herausforderungen, an denen wir aber gewachsen sind. Bevor sie eingeschlafen ist, sagte sie mit einem Lächeln im Gesicht ›Ich liebe dich.‹ zu mir.« Er macht eine Pause.

Das ist eine so schöne Geschichte. Ich fange an zu weinen. Plötzlich kippt meine Stimmung.

»Was ist denn, meine Liebe?«

»Ach, es ist nur … ich habe viele Verletzungen erlitten. Ich hatte eine schwere Zeit. Ich wünschte, ich könnte auch einmal jemanden so lieben, wie du deine verstorbene Frau. Gleichzeitig will ich auch so geliebt werden, wie ich eine andere Person liebe.«

»Ach, Liebes, das wirst du. Daran habe ich keinen Zweifel.«

»Meinst du wirklich?«

»Selbstverständlich. Kalea, ich nehme dich als einen unglaublich herzlichen Menschen wahr. Du strahlst eine solche Kraft und Stärke aus. Ich glaube fest daran, dass du eines Tages einer anderen Person wieder deine Liebe geben kannst. Aber davor …«

»Ja?« Ich blicke Nalu mit großen Augen an.

»Davor musst du einmal mehr dich selbst lieben.«

»Glaubst du mir, wenn ich dir sage, dass ich das schon oft tue? Manchmal gibt es aber Tage, da fällt mir das schwerer.«

»Ich sehe es dir an, dass du dich liebst. Liebe ist ein Prozess. Ich sehe, dass du viel Liebe in dir trägst. Es tut mir aufrichtig leid, dass du viele Verwundungen erlitten hast. Dafür, dass dir gewisse Dinge widerfahren sind, ist es sehr beeindruckend, dass du so viel Liebe in dir trägst.«

»Hm.«

Wir sitzen eine Weile schweigend da.

»Darf ich dir etwas sagen, Kalea?«

Ich blicke Nalu in die Augen und nicke.

»Liebe ist etwas so Wunderbares. Doch möglicherweise solltest du nicht einen so hohen Anspruch an dich haben.«

»Wie meinst du das?«

»Selbstverständlich ist etwas dran an der Sache, dass man zuerst sich selbst lieben muss, ehe man jemand anderen lieben kann. Wenn du aber einen aufrichtigen Freund an deiner Seite hast, der dich so akzeptiert, wie du bist, und dich bedingungslos liebt, auch wenn es dir selbst manchmal schwerfällt, kann das heilend und lindernd zugleich sein. Selbstliebe ist ein lebenslanger Prozess. So ist es auch mit der Liebe. Du darfst dir eine Beziehung gönnen, auch wenn es dir manchmal schwerfällt, dich selbst zu akzeptieren und zu lieben. Das ist vollkommen in Ordnung.«

Überrascht sehe ich Nalu an.

»Kalea, das ist vollkommen in Ordnung.«

»Ich liebe dich«, flüstert Luana. »Ich liebe dich auch, meine Liebste.« Meine letzte Beziehung ging nach hinten los. Erst jetzt, Monate später, wird mir klar, dass das keine Liebesbeziehung war. Die Beziehung zu meinem Exfreund war keine Beziehung auf Augenhöhe. Das jedoch macht eine gute Beziehung aus. Die Liebe fehlte. Liebe, die ich so nötig hatte. Monatelang habe ich an mir gearbeitet, und jetzt kann ich sagen: Die Liebe, die ich brauche und verdient habe, gebe ich mir selbst. Selbstliebe. Ein wunderschönes Wort.

Dennoch möchte ich eines Tages eine aufrichtige und wahrhaftige Beziehung mit einem Mann führen, der auch die Liebe meines Lebens sein kann. Manchmal kann ich mir das nicht mehr vorstellen nach all dem, was mir widerfahren ist. Doch auch wenn es furchtbar war, versuche ich, das Positive daran zu sehen: Ohne meinen Exfreund wäre ich niemals dort angelangt, wo ich jetzt bin. Wäre ich ihm nicht begegnet, würde ich mich selbst möglicherweise niemals so lieben, wie ich es jetzt tue. Also übe ich mich in Dankbarkeit. Alles ist gut und zwar so, wie es ist.

»Die Liebe ist überall, Kalea.«

Nalu holt mich aus meinen Gedanken. Ich wende mich ihm zu. »Ich liebe mich selbst, und da ist Luana, mein inneres Kind. Sie liebt mich über alles und ich sie.«

»Das ist eine Gabe, Kalea. Worauf ich hinauswill: Liebe war immer da, ist immer da und wird immer da sein. Nur haben viele Menschen verlernt, die Liebe in ihr Herz zu lassen. Es ist bemerkenswert, Kalea. Du weißt, was Liebe ist. Du hast ein verletztes Herz. Es ist verwundet. Weißt du, was eine Wunde braucht? Sie braucht viel Liebe, Pflege und Zuwendung. Wie lange ist deine Beziehung her?«

»Drei Jahre.«

»Das ist keine lange Zeit. Dafür hast du aber bereits viel Selbstliebe in dir.«

Ich sage: »Es gibt Zeiten, da liebe ich mich selbst, bedingungslos. Ich empfinde die Liebe so stark und kann sogar behaupten, dass ich die Liebe intensiver fühle als andere.«

»Ich weiß. Auch das ist eine Gabe. Bei Alani und mir war das auch so.«

Ich lächle. Nalu und ich verstehen uns ohne Worte. »Manchmal, da ist es wieder etwas schwieriger, mich anzunehmen. Wer weiß, wie lange das noch dauern wird?«

»Ich sage dir jetzt etwas, Kalea. Als ich siebzehn war …« Nalu beginnt zu erzählen: Sein Vater war jung gestorben, weswegen sein Herz verwundet war. Er dachte sich, wie es denn möglich sein könne, dass jemand von ihm ging, den er so sehr liebte. »Mein Vater, Kai, das bedeutet ›vom Meer‹, zog meine Geschwister und mich mit seiner Liebe groß. Meine Mutter war kurz nach der Geburt meines jüngsten Bruders gestorben. Sie war eine liebende und so liebevolle Mutter. Bald nach ihrem Tod starb auch mein Vater. Ich erinnere mich gut an meine Eltern. Wenn man viel Liebe von seinen Eltern erfährt, hält das ein Leben lang an. Für meine Brüder und Schwestern war das furchtbar traurig. Wir alle weinten viel. Ein Pflegeelternpaar nahm meine Geschwister und mich liebevoll auf. Es konnte selbst keine Kinder bekommen, umso mehr schenkten sie uns Geborgenheit und Liebe. Wir wurden mit viel Liebe empfangen, das erleichterte es uns, mit dem Schmerz, dem Verlust und der Trauer umzugehen. Ich weiß, was es heißt, ein verletztes Herz zu haben, meine liebe Kalea.« Nalu schaut mich mit einem freundlichen Blick an.

Ein Lächeln überkommt mein Gesicht. Ich bin erleichtert.

»Jaden, mein Pflegevater, das bedeutet ›Dankbarkeit‹,

und Moana, meine Pflegemutter, was ›Ozean‹ heißt, waren immer für uns da. Über fünfzig Jahre lang kümmerten sie sich um uns, lehrten uns die Liebe. Sie lehrten uns das Vergeben und Verzeihen und die Dankbarkeit. Meine Brüder und Schwestern unterstützten unsere Pflegeeltern bei der Bewirtschaftung des Landes. Wie du dir vorstellen kannst, waren wir viel draußen unterwegs, inmitten der Natur. Es war still und überall war die Liebe. Mutter Natur schenkt uns Menschen so viel Dankbarkeit, Fürsorge, Geborgenheit und Liebe.«

Ich unterbreche Nalu: »Aber viele Menschen geben der Natur das alles leider nicht mehr zurück.«

Nalu lächelt mich schweigend an, ehe er fortfährt: »Trotz des frühen Todes unserer Eltern hatten meine Geschwister und ich eine erfüllte und glückliche Kindheit. Wir fanden Partner und bekamen Kinder und Enkelkinder, denen wir unsere Liebe weitergeben durften. Ich war siebzehn, als ich Alani kennenlernte. Sie wohnte nicht weit weg vom Haus meiner Pflegeeltern. Als ich einmal nach Hause ging, stand sie da am Straßenrand, mit geschlossenen Augen, einem Lächeln im Gesicht und atmete den Duft eines orangefarbenen Strauches ein. Anfangs bemerkte sie mich nicht, aber in diesem Moment wusste ich, dass ich diese Frau heiraten würde.« Nalu lacht. Er reißt mich mit. Wir lachen beide.

»Erzähl weiter.«

»Ich stand eine Weile da und genoss diesen Anblick. Alani trug ein weißes Kleid und hatte braune, lockige und schöne Haare, so wie du, Kalea. Nach einer Weile öffnete sie mit einem Lächeln ihre Augen und bemerkte mich. Mit breitem Grinsen im Gesicht stand ich da. Alani kam auf mich zu, lächelte mich herzlich an und sagte: ›Wie gut der duftet, dieser Strauch. Ich liebe den Duft der Natur, die Bäume, die farbenfrohen Blumen, die Sträucher und die Tiere. Ich bin Alani.‹« Nalu schwelgt in Gedanken.

Auch ich schließe meine Augen und stelle mir das Geschehen vor. Ich habe ein tolles Bild vor Augen mit dem jungen Nalu und der jungen Alani, die draußen in der Natur ihre erste Begegnung hatten. Tatsächlich macht mir Nalus Geschichte Hoffnung. Ich finde es interessant, dass ich ihn an Alani erinnere. In der Tat stelle ich Gemeinsamkeiten fest, denn auch ich bin eine Frau, die die Natur liebt und sich gerne darin aufhält. Ich denke an meine langen Spaziergänge, bei denen ich die Natur und mich selbst genieße. So viel Harmonie erfahre ich stets dort draußen. Harmonie, die mein Herz höherschlagen lässt. Ich liebe die Natur. Sie gibt mir so viel: Akzeptanz, Geborgenheit, Hoffnung und Sicherheit, was ich brauche, was jeder Mensch braucht, um ein gutes und schönes Leben zu führen. All diese Dinge erfuhr ich in der Beziehung zu meinem Exfreund überhaupt nicht. Diese Dinge erfuhr ich auch nicht in meiner Arbeit. Das ist traurig. So soll es nicht sein. Ich habe diese Dinge bearbeitet, jetzt sind sie im Hintergrund. Ich sorge dafür, dass das auch so bleibt. Ich werde von meinen Gedanken losgerissen, als eine Frau sich der Parkbank, auf der Nalu und ich sitzen, strahlend nähert.

»Na, was macht ihr denn hier?«

Nalu antwortet: »Ich unterhalte mich mit Kalea, liebe Nalani.«

»Ruhiger Himmel«, flüstert Luana.

»Aloha! Schön, dich kennenzulernen, Kalea. Ich bin Nalani.« Sie reicht mir ihre Hand, die ich mit einem Lächeln in die meine nehme.

»Aloha, Nalani. Ich bin Kalea.«

»Was führt dich nach Hawaii, Kalea?«

»Die Natur. Ich träume auch seit Langem davon, mit Delfinen im offenen Meer zu schwimmen.« Nalani und Nalu grinsen sich an. Ich bemerke das, rede aber weiter: »Seit der Grundschulzeit ist der Delfin mein Lieblingstier. Delfine sind so liebevolle und wundervolle Tiere. Dann gibt es da noch die Liebe.«

»Oh, du hast einen Freund hier?«

»Nein. Aber die Menschen hier sind so voller Freundlichkeit und Liebe.«

»Da hast du allerdings recht, nicht wahr, Nalu?« Nalani lächelt Nalu an und gibt ihm einen Stups auf die Schulter. »Mein alter Nalu. Was würde ich ohne dich nur machen?«

Eine Weile beobachte ich die beiden, ehe ich sage: »Ihr scheint euch schon lange zu kennen.«

»Das kann man wohl sagen.« Mit so einer Zufriedenheit im Gesicht sitzt Nalu da. Er scheint vollkommen gelassen zu sein. »Nalu, erzähl ihr das mit den Delfinen.«

»Was hat es mit den Delfinen auf sich, Nalu – oh, aber zuerst noch die Geschichte mit Alani.«

Nalu lächelt gelassen und Nalani sagt: »Ich komme gleich wieder«, bevor sie verschwindet.

Nalu und ich genießen eine Weile das Rauschen des

Meeres, das sehr beruhigend auf meinen Geist wirkt. Ich bin wieder entspannt und gelassen. Die Sonne schenkt mir ihre Wärme und ihr Strahlen. Das Rauschen des Meeres beruhigt meine Gedanken und die Anwesenheit Nalus lässt mich zufrieden werden. Ich schließe meine Augen und genieße den Moment. Ich bin einfach froh, hier zu sein, und unendlich stolz auf mich, darauf, was ich in meinem bisherigen Leben alles gemeistert und geschafft habe. Ich habe viele Abenteuer erlebt. Ich bin viel in der Natur, dort zieht es mich einfach immer hin, sei es, dass ich Spaziergänge in Schutzgebieten mache oder mich in den Bergen oder am Meer aufhalte, so wie jetzt auf Hawaii. Ich bin Mutter Natur so unglaublich dankbar, denn sie gibt mir so viel. Es stimmt mich schon ein wenig traurig, wie wenig respektvoll viele Menschen mittlerweile mit der Natur umgehen, die uns alles gibt. Die Natur urteilt nicht. Sie ist ständig im Wandel, was einfach wundervoll ist. Es macht mich glücklich, diesen Wandel alljährlich zu beobachten. Wie im Frühling alles blüht, im Sommer alles grünt, im Herbst alles bunt wird und im Winter alles friedlich ruht, bevor die Natur im Frühling wieder erwacht und uns wieder mit ihren frohen Farben beschenkt. Ich denke an meine Spaziergänge zurück, wo ich mir selbst Blumen gepflückt habe, um mit ihnen meinen gemütlichen Wohnraum zu verschönern. Ich rede sogar mit den Blumen, küsse und pflege sie und sage »Ich liebe euch.« zu ihnen. Ich sammle viel in der Natur, so nehme ich Schneckenhäuser mit oder Kastanien. Auch hier auf Hawaii habe ich schon wunderschöne Muscheln mit ihren bunten Schalen gesammelt. Ich denke an die Weichtiere, denen die Schale Schutz bietet. Es sind kleine Lebewesen, die im Meer leben. Ich stelle mir vor, wie es wäre, wenn ich eine Muschel wäre. Ich würde stundenlang unter Wasser aushalten und die Ruhe und Stille genießen. Ich male mir aus, wie ich die Lebewesen beobachte und mich an ihrer Art und Farbe erfreue. Ich lächle, äußerlich wie innerlich. Nach einer Weile öffne ich meine Augen.

»Nalu?«

»Ja, Liebes?«

»Erzähl es mir. Wie geht die Geschichte weiter?«

Nalu öffnet seine Augen, auch er lächelt. »Kalea, das verrate ich dir.« Nalu wechselt seine Sitzposition. Ich bin gespannt und freue mich auf seine Geschichte. »Alani stellte sich mir vor, wie du weißt. Sie hüpfte und tanzte in ihrem wunderschönen weißen Kleid. Alani war ein so schönes Mädchen. Ungeschminkt und wunderschön. Damals schminkte man sich noch nicht. Sie reichte mir ihre Hand und ich nahm sie. Ich blickte unsere Hände an, lächelte sie an und sagte ihr meinen Namen. Dann hüpfte sie einfach los.«

»Und dann? Nalu, und dann?«

»Dann hüpfte ich einfach mit ihr mit.«

Ich grinse über beide Ohren. »Das ist eine so wundervolle Geschichte.«

»Oh, das ist sie wahrhaftig. Ab diesem Tag sahen wir uns jeden Tag. Wir flogen und hüpften durch die Wiesen, gingen oft im Meer schwimmen, machten lange Spaziergänge durch die wunderschöne Landschaft und pflückten Blumen. Alanis Mutter war jung gestorben. Geschwister hatte sie keine. Ihr Vater heiratete später wieder und führte eine glückliche und lange Ehe. Alani und ich vertrauten uns. Wir erzählten uns einfach alles. Dinge, über die wir vorher mit niemandem gesprochen hatten. Wir vertrauten uns Geheimnisse an und hatten keine Angst davor. Obwohl oder vielleicht auch weil wir alles voneinander wussten, liebten wir uns. Uns verband viel: das Vergeben und Verzeihen, der Tod eines nahestehenden Elternteils oder beider Eltern, die Dankbarkeit, die Fürsorge, die Gespräche, die Liebe zur Natur und die Verletzlichkeit. Alani wusste natürlich vom Tod meiner Eltern. Wie du weißt, war auch mein Herz verwundet. Ich stand vor den gleichen Fragen wie du. Aber tatsächlich war es so, dass Alani und ich uns gegenseitig Halt gaben. Wir gaben uns unsere Freiheiten, denn wir brauchten unsere Freiräume, um uns um unsere verwundeten Herzen zu kümmern. Wir lernten, uns selbst zu lieben, trotz unserer Verletzungen. Und wenn einer von uns beiden einmal wieder Schwierigkeiten hatte, sich selbst anzunehmen und zu lieben, so liebten wir uns gegenseitig. Dass wir diese Erfahrungen miteinander teilten, wirkte heilend auf unsere Herzen. Nicht, dass unsere Herzen vollkommen makellos waren. Aber wir lernten, unser Herz zu lieben. Durch Alani konnte ich einmal mehr bedingungslose Liebe in mein Leben lassen. Sie durch mich auch. Ich hatte liebende Eltern, Geschwister und Pflegeeltern, aber die Liebe zu Alani übertraf all meine Vorstellungen. Ich empfand und empfing bedingungslose, unendliche Liebe. Selbstverständlich gab es auch andere Tage. Denkst du, ich habe mich jeden Tag von früh bis spät bedingungslos geliebt?«

Aufmerksam höre ich Nalu zu. »Aber muss man sich nicht selbst immer bedingungslos lieben?«

»Hör mir zu, Kalea. So ist das Leben. Es gibt Höhen und Tiefen. Sei gut zu dir. Du darfst die Liebe zu einem anderen Menschen in dein Leben lassen, auch wenn du manchmal mit dir haderst.«

»Meinst du wirklich?«

»Aber selbstverständlich. Immer wieder gab es Tage, da fiel es mir schwer, mich anzunehmen. Auch Alani hatte solche Tage. Obwohl es solche und solche Tage gibt, darf man eine andere Person lieben und von ihr geliebt werden. Sei gut zu dir, meine Liebe. Sonst gäbe es keine Paare auf dieser Welt. Du weißt, was Selbstliebe ist, du bist bereit zu lieben. Das ist die wichtigste Voraussetzung, um jemand anderen zu lieben. Auch dieser jemand wird Tage haben, an dem es ihm schwerer fallen wird, sich anzunehmen, und Tage, an denen es wieder ein Leichtes ist. Trotzdem dürft ihr euch bedingungslos lieben. Auch die Liebe zueinander ist eine Aufgabe.«

Nalu macht mir Hoffnung. Ich lächle. »Aber ich muss doch erst alleine glücklich sein? Also, ich meine, es gibt Tage, da bin ich alleine überglücklich.«

»Na siehst du.«

»Aber es gibt Tage, da sehne ich mich danach, jemanden an meiner Seite zu haben, damit ich glücklich bin. Dann denke ich mir, dass ich mein Glück doch nicht von jemand anderem abhängig machen darf.«

»Warum bist du so streng mit dir?«

Ich schürze meine Lippen.

»Warum, Kalea, denkst du, verabreden Menschen

sich? Warum, denkst du, suchen Menschen sich soziale Kontakte? Es ist bewiesen, dass Menschen soziale Kontakte brauchen. Manchmal, da sind Menschen in Gemeinschaft glücklicher als alleine.«

»Das macht Sinn. Also, ich kann alleine glücklich sein, aber es ist überhaupt nicht verwerflich, dass ich manchmal erst glücklich bin, wenn jemand bei mir ist?«

»Nicht im Geringsten, Kalea. Immer wenn Alani bei mir war, war ich glücklich. Nicht, dass ich nicht alleine glücklich sein konnte – das konnte ich auch –, aber bei Alani war ich immer sehr glücklich, auch wenn ich es davor alleine nicht war.« Nalu hält inne. Nach einer Weile sagt er: »Entschuldige mich einen Moment, Liebes. Ich gehe mal eben für alte liebende Männer.«

Ich lache herzhaft. Ich denke nach, sammle und sortiere mich. Luana meldet sich bei mir. »Es ist alles gut und zwar so, wie es ist.« Wer bin ich? Ich bin Kalea. Ich bin siebenundzwanzig Jahre alt. Mein inneres Kind, Luana, ist immer bei mir. Sie liebt mich über alles. Ich liebe sie über alles. Das wird sich niemals ändern. Selbst wenn ich mit mir hadere, kann ich mich lieben. Das wird mir soeben klar. Wenn ich eine andere Person liebe, mache ich mich aber abhängig. Hm. Ich versuche mir klarzumachen, dass Abhängigkeit nichts Verwerfliches ist. Gibt es vollkommene Unabhängigkeit? »Nein«, flüstert Luana. Es ist in Ordnung. Ich darf es mir gönnen, mit anderen glücklich zu sein. Ich darf eine Freundin besuchen, die mich glücklich macht, wenn ich es gerade nicht bin. Dafür sind gute Freunde doch da. Ich muss nicht alles alleine schaffen. Ich darf mir Hilfe holen. »Kalea, darauf musst du schauen, dass du etwas für dein Glück tust. Entweder tust du das alleine oder du suchst dir jemanden, damit du glücklich bist. Beides ist in Ordnung. Das Maß ist entscheidend.« »Du hast recht.« »Wenn du ständig alleine bist, wirst du traurig. Ich bin davon überzeugt, dass es vielen Menschen so gehen würde. Wenn du dich aber ständig mit anderen Menschen umgibst, verlernst du, dich auf dich selbst zu konzentrieren. Meine Liebste, du kannst stolz auf dich sein, dass sich das bei dir die Waage hält. Ich liebe dich.«

Ich lasse das Gespräch mit Nalu und die Kommunikation mit Luana sacken, bevor ich mich auf den Himmel konzentriere. Sein wunderschönes Blau bringt mich zum Lächeln, äußerlich wie innerlich. Achtsam wie ich bin, versuche ich, das, was ich sehe, zu beschreiben. Auch ein paar Wolken befinden sich dort. Mein Blick schweift von links nach rechts. Drüben, bei den Booten, befindet sich eine kleine Wolke, die, wie der Bootsführer, auf die Touristen zu warten scheint. Sie scheint sich nicht zu bewegen, was kein Wunder ist, denn es ist beinahe windstill. Als ich meinen Blick weiter nach rechts wandern lasse, fällt mir eine etwas größere Wolke auf. Nanu? Sie sieht ja so aus wie ein Herz. Ein Lächeln schleicht sich in mein Gesicht. Ich blicke auf das Wasser und nehme neben dem Blau, das etwas dunkler als der Himmel ist, weiß schäumende Schichten wahr. Das Meer ist ständig in Bewegung. Wie heißt es so schön: Nichts ist so beständig wie der Wandel. Ich mache mir klar, wo überall ein Wandel erkennbar ist. Die Natur wandelt sich ständig, das ist schon allein an den vier Jahreszeiten zu erkennen. Frühling, Sommer, Herbst und Winter. Die frohen Farben das ganze Jahr über. Selbst der Winter ist nicht ganz farblos. Dann das Meer mit Ebbe und Flut. Die Berge mit ihren leichteren, mittelschweren und schweren Wegen. Meine Stimmungen. Im Grunde genommen ist es doch bei der Natur nicht anders: Auch sie hat ihre Stimmungen. So wie ich ängstlich, glücklich, traurig, wütend und so weiter sein kann, so ist es auch in der Natur mal regnerisch, mal stürmt es, mal scheint die Sonne und mal schneit es. Da gibt es eine so große Verbindung zwischen der Natur und mir. Überall ist Wandel. Überall ist Entwicklung, die mal einfacher und mal schwieriger verläuft. Mein Blick wandert zu einem leerstehenden Tretboot, ehe er weiter nach draußen geht. Je weiter mein Blick in die Ferne wandert, desto weniger Bewegungen und Veränderungen nehme ich wahr. Selbstverständlich gibt es die auch dort. Ich kann sie nur aufgrund der immer größer werdenden Entfernung nicht erkennen. Ich sitze einfach nur da. Ich genieße. Anschließend beende ich meine Meditation, lächle und strecke mich.

In der Nähe sehe ich Nalani und Nalu lachen. Sie machen Scherze. Das ist so süß. Nalu steht da, mit seinen sechsundachtzig Jahren und seinen langen weißen Haaren. Er trägt eine Hose aus hellbraunem Leinen und darüber ein langes Oberteil, das fast bis zu seinen Oberschenkeln reicht. Er strahlt so eine Gelassenheit und Zufriedenheit aus, ich finde das beeindruckend. Ich denke über ihn und sein Leben nach. Trotz der Schicksalsschläge ist er ein glücklicher Mensch. Nalani trägt einen Wickelrock und ein blaues luftiges Oberteil. Wie Nalu läuft sie barfuß. Sie hat braune lange Haare, ein strahlendes Lächeln und Grübchen im Gesicht. Sie blickt zu mir und winkt mir zu. Erneut dreht sie sich zu Nalu und wechselt noch ein paar Worte mit ihm, ehe auch er mit einem strahlenden Lächeln zu mir blickt und die beiden zu mir an die Bank kommen. Nalani reicht mir eine der Limonaden, die sie mitgebracht hat.

»Hier, bitte, Kalea, die ist für dich.«

»Oh, wie lieb von dir. Vielen Dank.«

Nalu setzt sich und nimmt einen Schluck von seinem Wasser. »Oh, Nalani, ich schmecke die Liebe heraus. Nalani, wie immer hast du es mit viel Liebe zubereitet.« Er wendet sich mir zu: »Kalea, du musst wissen, dass dieser Imbiss Nalani gehört.«

Ich bin erstaunt und lächle. »Oh, das ist toll. Da siehst du schön die Delfine.«

»Genau deswegen habe ich ihn an dieses Kliff gestellt.« Nalani lächelt.

Ich nehme einen Schluck von meiner Limonade. »Oh, ist die lecker«, sage ich. Auch Luana freut sich.

»Möchtet ihr Wassermelone?«

»Gerne«, antworte ich entschlossen.

Nalu sagt: »Ich bin mit meinem Wasser zufrieden.« Als Nalani zur Küche geht, fragt er mich: »Hast du noch einmal nachgedacht?«

»Ja, das habe ich.«

»Möchtest du deine Gedanken mit mir teilen?

»Ja, gerne.« Ich erzähle ihm meine Gedanken beziehungsweise tue nichts anderes, als unser vorheriges Gespräch zusammenzufassen, das ich mit einem »Geteiltes Leid ist halbes Leid und …« fortsetzen will, das von Nalu aber mit einem »Geteilte Freude ist doppelte Freude.« beendet wird. Ich lächle.

»Kalea, das hast du gut erkannt. Ich bin beeindruckt.«

»Danke, Nalu. Ich weiß.« Stolz lächle ich. Nalu scheint das zu gefallen. Ich füge hinzu: »Das Maß ist entscheidend.«

»Richtig.« Nalu freut sich mit mir und sagt: »Das Leben verläuft in Wellen. Manchmal gibt es stürmische Zeiten, während es ein anderes Mal ruhige Zeiten gibt. Manchmal ist das Meer wütend, während es ein anderes Mal gelassen, ruhig und zufrieden ist. Manchmal ist es kalt, während es ein anderes Mal warm ist. Das Meer ist, wie es eben ist. Egal, wie es ist, es ist gut, und zwar so, wie es ist. Das ist das Natürlichste auf der Welt. Wenn man das einmal verstanden hat, ohne die Gedanken, Gefühle und Dinge zu bewerten, dann …«

»… ist das weise.«

»Richtig. Man muss die Dinge *nicht immer* hinterfragen. Weißt du, Kalea, uns verbindet viel. In deinem Alter habe ich auch viel hinterfragt. Das ist vollkommen in Ordnung. Das ist eine Gabe. Aber auch hier ist es wichtig, das Maß im Blick zu behalten. Es gibt gute Tage und nicht so gute Tage. Was wären die guten Tage ohne die schlechten? Sie wären nicht einmal halb so schön. Es ist in Ordnung, dass es schlechte Tage gibt. Das darf man auch mal so stehen lassen.«

Ich schaue Nalu beeindruckt in die Augen. »Du hast recht, das macht Sinn. Es darf auch die anderen Tage geben. Das ist die Polarität. Hitze – Kälte. Höhen – Tiefen. Norden – Süden. Das ist das Natürlichste überhaupt.«

»Siehst du. Das ist die Natur. Die Natur hat ihre Launen. Das Meer hat seine Launen. Du hast deine Launen und …«

»Du auch?«

»Aber natürlich, liebe Kalea.«

»Aber du bist so zufrieden.«

»Richtig. Aber auch ich habe manchmal Tage, an denen ich hadere.«

»Trotzdem strahlst du so viel Zufriedenheit aus.«

»Weil ich die Dinge akzeptiere, wie sie sind. Mir ging und geht es manchmal noch wie dir. Dennoch akzeptiere ich mich, meine Gedanken und Gefühle. Ich bin dankbar für alles.«

Das bin ich auch. »Hihi«, grinst Luana. Ich grinse auch.

Nalu sieht mich an. »Was ist?«

»Oh, es ist Luana. Wir kommunizieren miteinander. Sie freut sich und ist stolz auf mich.«

»Mein kleiner Kaleo, ›der Klang‹, ist das auch.«

Ich finde das überaus amüsant. Als wäre Nalu mein Zwilling, nur viel, viel älter. »Wann habt ihr zueinandergefunden?«

»Ich war achtzehn und wieder einmal traurig über den Tod meiner Eltern. Da hat er sich gemeldet.«

Eine Träne kullert meine Wange herunter.

»Wie alt warst du, als du die liebe Luana gefunden hast?«

»Vierundzwanzig.«

»Das ist wunderbar.«

Nalani bringt meine Wassermelone. »Bitte, Kalea, mit viel Liebe zubereitet.« Ihr Blick fällt auf das braune Säckchen. Sie lächelt. »Oh, ist das …?«

»Ja.«

Nalani freut sich bis über beide Ohren. »Zweimal hat er es jemandem geschenkt und du bist die dritte Person, Kalea, das ist etwas ganz Besonderes. Hast du es schon geöffnet?«

Ich habe das ganz vergessen. Ich war so vertieft in das herzöffnende Gespräch mit Nalu. »Soll ich es öffnen? Jetzt?«

Nalu und Nalani lächeln sich an.

»Oder …« Ich schaue auf die Wassermelone. »Ich gehe ein wenig an das Kliff und genieße die liebevoll zubereitete Wassermelone.«

Ich esse achtsam

Ich setze mich auf einen Liegestuhl am Strand. Er ist gut gepolstert und deshalb sehr bequem. Ich genieße die Zeit mit mir. Ich weiß, dass Nalani und Nalu auf mich warten werden, sie haben sich sicherlich viel zu erzählen. Ich lasse das Gespräch von eben sacken, es hat mich mehr beansprucht, als ich dachte. Ich halte einfach inne und verweile im Moment, als Luana sich bemerkbar macht: »Nun iss schon, die Wassermelone wird warm.« Kichernd genieße ich das erste Stück, welches ich in meinem Mund aufmerksam kleinkaue. Ich nehme die Süße der roten Frucht wahr. Sie schmeckt herrlich. Ich genieße diesen einzigartigen Moment, den mir niemand nehmen kann. Ich liebe Wassermelone. Sie hat eine so schön knallige rot-pinke Farbe, die mich beim Anblick erfreut. Rot ist auch die Farbe der Energie. So stelle ich mir vor, dass ich mit jedem Stück Wassermelone Freude, Glück und Lebensenergie in mich aufnehme. Mit jedem Stück Wassermelone, die so herrlich schmeckt, fühle ich mich größer, lebendiger und stärker. Nicht, dass ich das nicht bin. Ich bin groß, lebendig und stark. Trotzdem kann ich an diesem gedanklich und philosophisch herausfordernden Tag Energie gebrauchen. Selbstliebe. Ein lebenslanger Prozess. Es wäre ja zu einfach: Schnips! – Und von heute auf morgen ist alles Negative weg und alles Positive da. Es gibt da diese Menschen, die scheinen immer gut drauf zu sein. Glücklich, fröhlich und immer zufrieden. Ich mache mir aber klar, dass ich diese Menschen nur ein paar Sekunden, vielleicht auch Minuten oder Stunden sehe. Ich sehe diese Menschen also einen kleinen Moment lang und schließe auf deren Allgemeinbefinden. Nein, nur weil sie heute strahlen und über die Maßen glücklich wirken, heißt das nicht, dass sie das tatsächlich und immer sind. Möglicherweise sind sie aber auch deshalb so glücklich, weil sie stark sind und viel durchgemacht haben, so wie ich. Sie sind Kämpferinnen und Kämpfer. Sie haben gelernt, mit schwierigen Phasen im Leben umzugehen, in ihrer Vergangenheit, aber auch in ihrer Gegenwart. Ich bin selbstreflektiert. Tatsächlich bin ich das auch oft: glücklich. Möglicherweise denken andere Menschen dann so, wie ich jetzt denke. Es ist eine Frage der Perspektive, denke ich mir. Es ist nicht alles Gold, was glänzt. Manchmal steckt hinter dem vermeintlichen Glück, das Fassade sein kann, ein ganz anderer Mensch, der Trauer oder andere Emotionen nicht zulässt.

Ich schiebe das nächste Stück Wassermelone in meinen Mund. Es schmeckt herrlich süß. Beim Blick auf eine Möwe stelle ich fest, dass sie ihren Fischfang fast verspeist hat. Andere Möwen gesellen sich dazu und versuchen, ihr den letzten Rest wegzuschnappen. Das lässt sie sich nicht gefallen. Wenn es schon sie war, die ihn gefangen hat, darf sie ihn auch verspeisen. Vielleicht ist es ja sogar die Möwe von vorher? Ich finde das lustig. Tatsächlich schafft es die Möwe, sich den anderen gegenüber zu behaupten. »Immer wieder muss man auf sich schauen.« Luana macht sich bemerkbar. »Deswegen sitze ich jetzt hier, alleine …« »Pst.« »Deswegen sitze ich jetzt hier, mit dir, und gönne mir die Wassermelonenstücke. Sie sind liebevoll geschnitten und schön kühl. Ich denke an Nalani. Woher sie und Nalu sich wohl kennen? Nalani dürfte nicht einmal halb so alt sein wie Nalu. Vielleicht ist er ein guter Freund ihres Vaters? Ihrer Mutter? Ein gern gesehener Gast des Imbisses? Sie sieht schön aus. Ich meine, sie ist schön. Eine schöne Frau. Sie hat so eine Ausstrahlung. Mir gefällt das. Sie ist bestimmt jeden Tag so …« »Pst.« »Sie ist heute glücklich. Bestimmt kennt sie auch die anderen Seiten.« »Gut.« Ja, das passiert mir manchmal, dass ich verallgemeinere. Nalani trägt schöne Federohrringe, sie sind lang und orange. Orange ist eine fröhliche, tolle Farbe. Sie hat so etwas Besonderes, Spezielles. Ich kann nicht sagen, was es ist, eines weiß ich aber: Sie ist nicht wie jede Frau.

Ich male mir ihre Geschichte aus. Aufgewachsen ist sie mit zwei Brüdern. Sie ist die Jüngste, die Coolness gelernt hat. Ob sie selbst Kinder hat? Sie könnte einen Sohn und eine Tochter haben. Wobei: Einen Ehering habe ich nicht an ihrer Hand gesehen. Aber das muss ja nichts heißen. Nalani ist eine aufrichtige, natürliche und wahrhaftige Frau, die das Leben liebt. Die sich liebt. Jedenfalls habe ich diesen Eindruck. Die aber auch nachdenklich ist, ähnlich wie Nalu und ich. Nalu hat früh seine Eltern verloren. Er und seine Geschwister wuchsen bei sehr liebevollen Pflegeeltern auf. Mit seiner verstorbenen Frau führte er eine erfüllende, glückliche und liebevolle Beziehung. Er erwähnte aber auch Herausforderungen. Welche das wohl waren? Womit hatten sie zu tun? Wer war involviert? Aber entscheidend ist das Jetzt: Jetzt hat er ein schönes Leben.

Ich denke an den Tod. Am Ende meines Lebens will ich sagen können, dass ich ein erfülltes Leben hatte. Für mich bedeutet erfüllt, dass ich viele Erfahrungen gesammelt und Erlebnisse gehabt habe. Erfüllung. Bereicherung. Glück. Zufriedenheit. Gesundheit. Das bedeutet nicht, die Leiter immer höher zu steigen. Denn was würde passieren, wenn man sich ganz oben befindet? Höher geht es nicht. Ich stelle mir mein Leben wie eine Leiter vor, auf der ich auf und ab wandere. Im Laufe meines Lebens sind bestimmte Dinge passiert. Ich weiß, was es heißt, auf die Leiter zu steigen. Ich weiß, was es heißt, wieder herunterzufallen. Das Wichtigste ist, dass man nicht am Boden liegen bleibt. Es ist wichtig, wieder aufzustehen und einen neuen

Schritt auf die Leiter zu wagen. Das hat mit Mut zu tun. Ich, Kalea, bin mutig. Ich bin ein mutiger Mensch. Ich liebe meinen Mut. Das sind für mich Erfahrungen, die mir niemand jemals wegnehmen kann. Es läuft nicht immer alles rund. Ich kenne Schmerz.

Ich stehe also auf der Leiter. Mit jedem Schritt entwickle ich mich weiter und mache neue Erfahrungen. Manchmal ist es hilfreich, auf der Leiter stehen zu bleiben. Pause zu machen. Den Ausblick zu genießen. Zu reflektieren, was hinter einem liegt. Darüber nachzudenken, wo man jetzt steht. Zu überlegen, wie es weitergehen kann. Ich nehme einen Schritt weiter nach oben. Es wird gefährlich. Ich falle, nicht ganz nach unten, sondern ein paar wenige Stufen. Das ist in Ordnung. Ich tanke Kraft, ehe ich mich mit neuem Mut wieder nach oben bewege. Höher, als ich sonst war. Nicht so hoch, dass es gefährlich wird, aber hoch genug, dass ich sagen kann: Ich bin eine selbstbewusste und stolze junge Frau. Stolz auf alles, was war. Stolz auf alles, was ist. Ich werde bis an mein Lebensende stolz auf mich sein, auf das, was ich alles geschafft haben werde. Damit ich genau das sagen kann: Ich hatte ein erfülltes Leben. So ist das mit dem Leben, das wie eine Leiter ist. Ich bewege mich auf dieser Leiter herauf und herunter. Mal bin ich weiter oben, wo ich das gute Gefühl und die Aussicht genieße. Mal kommt es zu einer Herausforderung, zu Schmerz, und ich stehe weiter unten. Wenn man fällt, ist es wichtig, wieder aufzustehen. Denn wenn man schwierige Phasen gemeistert hat, kann man zu unglaublicher Stärke kommen. Man kann an sich selbst wachsen. Wenn man aber ganz oben steht, ähnlich wie hier an einer Klippe, kann man tief fallen. Ich denke, es ist entscheidend, was man aus seinem Leben macht. Ich für meinen Teil darf sagen: Ich empfinde viel Dankbarkeit, was meine Vergangenheit, meine Gegenwart und meine Zukunft betrifft. Ich kenne schöne, ich kenne aber auch herausfordernde Phasen. Wenn ich auf der Leiter unten stehe, stehe ich auf und steige wieder nach oben. Gewinne an nie da gewesener Stärke. Ich bewege mich auf der Leiter und mache manchmal Pausen, aber alles in allem bleibe ich in Bewegung. Bewegung hält mich fit. Sie gibt mir Kraft. Ich steige auf der Leiter nach oben, wo ich meinen Horizont erweitere. Ich steige aber nicht zu hoch, denn das wäre außerhalb des Maßes, außerhalb meines Maßes. Was ganz wichtig ist: Ich vertraue auf mich. Ich bin stark. Ich bin selbstbewusst. Ich bin ich. Ich bin Kalea und ich habe Vertrauen in mich. Ich vertraue mir selbst. Ich lasse mich von meiner Intuition leiten und ich vertraue auf meine Gefühle, die alle da sein dürfen. Es ist wie das Meer, wie die Natur. Es gibt große und stürmische Wellen, und es gibt ruhige, sachte und sanfte Wellen. Wenn man dann schwimmen geht, kann man das umso mehr genießen. Wenn man in einen Sturm gerät, ist es wichtig, diesen zu meistern. Dann geht das Leben weiter. Das ist letztlich Leben. Das ist für mich Erfüllung. Luana freut sich riesig. Und ich mich erst.

Nalani, Nalu und Kaleos drei Weisheiten

»So bist du einfach. Siehst ein schönes Mädchen und setzt dich zu ihr.« Nalani zwinkert. Sie weiß, dass Nalu ihren Scherz versteht.

»Kalea erinnert mich stark an Alani, als ich sie kennengelernt habe.«

»Ich hatte sie sehr gern, deine Frau.«

»Ich weiß.«

»Sie hat etwas Besonderes.«

Nalu blickt Nalani fragend an. Meint sie Alani oder Kalea?

»Ich meine Kalea. Sie ist etwas Besonderes.«

»Ja. Ja, das ist sie. Denkst du, sie kann es?«
Schweigen.
»Zweifellos.«
»Du bist weise, Nalu. Du hast heute der dritten Bestimmten dein Säckchen geschenkt.«

Seine Lehrerin lehrte ihn das Leben. Alani, seine Frau, lehrte ihn das Lieben. Was lehrt Kalea ihn?

Nalani ist die Tochter eines guten alten Freundes von Nalu. Er ist letztes Jahr gestorben. Nalani machte eine schwere Zeit durch, sie litt stark unter dem Tod ihres Vaters. Sie griff zu Alkohol und Drogen. Sie kämpfte, am meisten gegen sich selbst. Sie verleugnete ihren Schmerz, ihre Trauer und verabscheute sich selbst. An einem Punkt, an dem es schlimmer nicht werden konnte, trat Nalu in ihr Leben. Er sorgte sich um sie. Durch ihn schaffte sie es, vom Alkohol und von den Drogen wegzukommen. Nalu schenkte ihr Kampfgeist und Liebe. Seit dieser Begegnung hatte sie aufgehört, gegen sich selbst anzukämpfen. Stattdessen kämpfte sie für ihr Leben, für sich. Durch die Liebe zu sich selbst lernte sie, ihr Leben wieder friedvoll zu gestalten. Sie konnte wieder die Liebe in ihr Leben lassen. Nalani dankt es ihm noch heute. Ohne Nalu hätte sie es niemals geschafft, so glücklich zu sein. Sie hätte es niemals geschafft, diesen Imbiss so erfolgreich zu führen und sich um ihre Tochter zu kümmern, deren Vater kurz nach der Geburt die Familie verlassen hatte. Auch Nalani hatte eine schwere Zeit. Aber sie hat es geschafft. Das ist es, was zählt. Jetzt ist sie glücklich und voller Liebe. Manchmal, da ist es gut, jemanden zu haben, um glücklich zu sein und lieben zu können. Natürlich gibt es noch Tage, an denen es schwerer ist, aber mit ihrem Kampfgeist schafft Nalani es, für sich anstatt gegen sich zu kämpfen. Bisher überwand sie alle schwierigen Phasen. Phasen, in denen sie Fragen hatte, unschöne Gedanken und Gefühle, und wieder mehr litt. Aber mittlerweile weiß sie, dass diese Phasen vorübergehen. Dann kann sie die guten Phasen, die immer länger anhalten, umso mehr, umso intensiver genießen. Sie ist eine starke Frau.

Auch Neyla, das bedeutet »der Himmel«, ist ein starkes Mädchen. Nalani spielt oft mit ihrer Tochter. Dann feiern sie mit anderen lieben Menschen, gehen gemeinsam durch die Gassen, machen Lagerfeuer oder stundenlange Spaziergänge am Strand. Jeder, den Nalani kennt, hat Erfahrung mit diesen schwierigen Phasen. Nalu, der seine Eltern jung und seine Ehefrau vor Kurzem verlor. Alani, seine verstorbene Ehefrau, deren Vater sie aufgrund des Todes ihrer Mutter anfangs alleine großziehen musste, ehe er erneut heiratete. Sie selbst, die nach dem Tod ihres Vaters in einen Alkohol- und Drogensumpf fiel und von ihrem Mann nach der Geburt ihrer Tochter Neyla verlassen wurde. Alle haben sie eines gemeinsam: Sie haben schwere Zeiten durchgemacht und durchgestanden. Alle sind sie wieder aufgestanden und haben die Lebensleiter erneut betreten: freudvoller, selbstbewusster und stärker. Alle akzeptieren ihre Vergangenheit, auch wenn es ihnen manchmal schwerfiel, die Gegenwart (zum damaligen Zeitpunkt) und sich selbst mit ihren Gedanken und

Gefühlen zu akzeptieren. Sie alle genießen ihr Leben und kennen dessen friedvolle, schöne und tolle Seiten. Sie alle kennen aber auch Tage, die es immer wieder gibt, an denen sie mehr Zweifel hatten. Sie alle kennen die Hoffnung. Ihnen ist klar, dass es gute, wunderbare und wundervolle Tage gibt, die sie genießen. Ebenso wissen sie, dass es Tage gibt, die härter und schwerer sind. Sie wissen, dass sie diese durchstehen, dass sie Teil ihres Lebens sind. Rückblickend sind die harten Zeiten nur halb so schlimm. Jetzt, da sich der meiste Schmerz gelegt hat, blickt Nalani so auf den damaligen Zeitpunkt zurück: Ich bin dankbar. Jetzt geht es mir gut. Damals ging es mir schlecht. Ich bereue all das nicht. Wäre das alles nicht passiert, wäre ich jetzt nicht so glücklich. Ich bin stark. Die Phasen, in denen es mir gutgeht, werden länger, und die Tage, an denen es härter ist, werden weniger. Das Wissen, dass auch weiterhin harte Tage kommen werden, ist hilfreich. Aber ich weiß, dass ich diese genauso erfolgreich meistern werde, wie ich die vergangenen Tage gemeistert habe. Auch wenn ich manchmal, in Momenten der Verzweiflung, denke, dass es schlimmer nicht sein kann und wie hart alles ist, so denke ich rückblickend, dass es gut war, und zwar so, wie es war. Es ist eine allzu schöne Vorstellung, dass ich jeden Tag glücklich bin, aber das bin ich nicht. Ich bin dankbar für alle nicht so guten Tage. Mit diesen Höhen und Tiefen ist mein Leben lebendig. Es passiert etwas. Wichtig ist, dass es in Maßen passiert, denn das Maß ist selbstverständlich entscheidend. Mein Leben ist alles andere als maßlos. Ich bin dankbar für alle Erfahrungen, egal ob positive oder negative, denn all diese Erfahrungen haben mich zu der Person gemacht, die ich jetzt bin. Und ich bin eine wundervolle Frau. Um auf den Punkt zu kommen: Es ist wichtig, jeden guten Moment auszukosten, ihn zu genießen, solange er da ist. Diese Momente – nur die guten – notiere ich mir in meinem Tagebuch. In diesem stehen positive Dinge drin. Dinge, für die ich dankbar bin. Tolle Erlebnisse mit tollen Menschen. Dinge, die mir guttun und schön sind. Ich male und klebe Blumen und Dinge hinein. Es ist dick. Ich schreibe viel. Es ist nicht mein erstes. Ich bin stolz.

Nalu blickt Nalani lächelnd an. Sie ist stolz. Einen Moment wartet sie, ehe sie sein Lächeln erwidert.

In diesem Moment betrete ich, Kalea, wieder das Restaurant und setze mich zu den beiden an den Tisch.

Sie lächeln mich an. »Na, wie hat dir die Wassermelone geschmeckt, Kalea?«

»Sie war köstlich. War ich lange weg?«

»Nein.«

Nalu steigt in das Gespräch ein. »Meine liebe Kalea, dann widmen wir uns mal dem Säckchen.«

Ich muss sagen, ich bin fasziniert. Ich kenne Nalu jetzt erst seit einer kurzen Weile. Ich war Gast des Imbisses, als sich ein Mann mit langen weißen Haaren an meinen Tisch setzte. Ich lerne ihn kennen. Als würde er mich schon seit Ewigkeiten kennen, schenkt er mir eines von drei für ihn besonderen Säckchen aus Leinen, die er selbst gemacht hat. Ich bin die Dritte, der er eines schenkt. Ich nehme es an. Während der Gespräche mit Nalani und Nalu konnte ich mir einen ersten Eindruck von ihnen verschaffen. Ich finde das nicht komisch, ganz im Gegenteil, ich fühle mich wohl. Ich versuche nicht, es zu hinterfragen, was ich sonst oft tue. Ich nehme die Situation so an, wie sie ist. Ich sitze am Tisch. Nalu sitzt am Tisch. Nalani sitzt am Tisch. Luana ist bei mir, lächelt und schmiegt sich an mich. Auch Nalani und Nalu lächeln mich an.

»Warum genau bekomme ich das Säckchen? Du kennst mich kaum.« Sein Blick veranlasst mich zu folgender Aussage: »Also gut, ich verstehe. Du siehst mich das erste Mal, und es ist, als würden wir uns schon ewig kennen.«

Er lächelt.

»Warum genau ich? Warum nicht Nalani oder deine Kinder oder Enkelkinder?«

Nalani und Nalu blicken sich an. Sie lächeln.

»Du bist die Bestimmte.«

Ich mache große Augen. Luana kichert. »Die Bestimmte? Für wen? Ich verstehe nicht.«

»Ich gehe mal Getränkenachschub holen.« Nalani verabschiedet sich vom Tisch.

Eine Weile sitzen Nalu und ich schweigend da. Ich betrachte das braune Leinensäckchen in meinen Händen und drehe es, ohne es zu öffnen. »Was ist da drin?«

»Meine liebe Kalea, eines möchte ich dir sagen: Jede dieser drei Personen lehrt mich etwas. Meine Lehrerin hat mich das Leben gelehrt. Alani hat mich die Liebe gelehrt.«

»Leben … Liebe … Also … was lehre ich dich?«

»Ich sage es dir, aber zuerst möchte ich dir eine Geschichte erzählen.«

Allmählich werde ich ungeduldig. Ich versuche, das so zu sehen, dass Nalu mir geschickt wurde, um Geduld zu erlernen.

»Wie du weißt, sind meine Eltern früh gestorben. Meine Brüder, meine Schwestern und ich kamen zu Pflegeeltern. Meine Lehrerin, Leilani, das bedeutet ›himmlische Blume‹, gab mir zu dieser schweren Zeit eine Schulter zum Anlehnen. Sie war für mich da und erzählte mir schöne Geschichten. Eine Geschichte handelte von Kaleo, das bedeutet ›der Klang‹. Kaleo war in etwa in meinem Alter. Er war ein Junge, der im hawaiianischen Dschungel lebte. Er war nur mit einer kurzen schwarzen Hose bekleidet und hatte dunkelbraune Haare. Auch er hatte seine Eltern jung verloren, so baute er sich eine kleine Holzhütte im Dschungel. Jeden Tag war er inmitten der Natur, erfreute sich am hoffnungsvollen Grün und an den bunten Blumen. Er spürte den sanft wehenden Wind, schmeckte die Dschungelluft, genoss den Duft von Baumfrüchten und freute sich, wenn er die Geräusche des grünen Urwaldes hörte. Er hörte die einheimischen Vögel und wusste, sie sind immer da. Jeden Tag sind sie da. Er war traurig, aber Kaleo war ein Kämpfer. Er kämpfte sich durch Tag und Nacht und weinte viel. Weinen ist gut. Weinen befreit. Weinen löst Blockaden. Weinen ist nichts Schlimmes. Ganz im Gegenteil. Weinen ist etwas Schönes, kann etwas Schönes sein. Eines Tages wurde Kaleo von einem

Mann auf der Jagd angesprochen. Dieser Mann hatte von einem Jungen, der alleine im Dschungel lebte und sich ausschließlich von Essen aus dem Dschungel ernährte, gehört: von ihm, Kaleo. Er stellte sich ihm als Makani, ›der Wind‹, vor. ›Ich bin Makani‹, sagte er. ›Du, mein Lieber, musst Kaleo sein.‹ ›Woher weißt du das?‹ ›Mein Stammesoberhaupt hatte deinen Vater großgezogen, bevor dieser seine Frau, deine Mutter, kennenlernte. Sie entschieden sich dazu, den Stamm zu verlassen. Kai – das bedeutet ›vom Meer‹ –, mein Stammesoberhaupt, erlaubte ihnen zu gehen. Er lehrte deinen Vater das Kämpfen und Überleben, bis er so weit war, loszuziehen. Der Abschied fiel Kai schwerer als deinem Vater. Jahrelang hörten sie nichts voneinander und doch schien es, als würden sie miteinander kommunizieren. Ich weiß noch, als Kai einmal sagte: ›Er hat einen Sohn bekommen.‹ Er freute sich sehr. Viele Jahre später kam ein Stammesmitglied zu Kai gerannt und verkündete schließlich den Tod deiner Eltern. Es traf ihn schwer. Lange war er traurig. Er war von der Trauer so vereinnahmt, dass er zunächst ganz vergaß, dass es noch dich gibt, den Sohn deines Vaters. Doch dann entsandte er seine Stammesmitglieder, um dich zu suchen, aber die Suche blieb erfolglos. Irgendwann hatte man dich gesehen und man redete von einem Jungen, der sich durch den Dschungel kämpfte. Kai erfuhr das, und ihm war klar, dass du es sein musstest. Ich bin froh, dass ich dich hier treffe, Kaleo.‹ ›Aber woher kennst du meinen Namen?‹ ›Dein Vater liebte die Klänge der Natur. Auch deine Mutter machte viel Musik. Kai bekam ein Zeichen zugesendet. Ihm war klar, dass deine Mutter und dein Vater Eltern wurden. In diesem Moment gab es viele Klänge in der Natur. Kai musste daraufhin lachen und wusste, wie deine Eltern dich nennen würden. Kaleo, gerne bringe ich dich zu Kai.‹ ›Meine Mutter und mein Vater haben mir von Kai erzählt. Er ist ein Guter.‹

Kaleo und Makani gingen zu Kaleos Behausung, packten all seine Sachen zusammen und machten sich auf den Weg zum Stamm. Eine Träne kullerte Kais Wange herunter, als er Makani zusammen mit Kaleo erblickte. ›Mein Sohn‹, sagte er. ›Endlich haben wir dich gefunden.‹ Kaleo wurde, wie einst sein Vater, in den Stamm aufgenommen. Viele Klänge lagen in der Luft, man entzündete ein Lagerfeuer und Kai erzählte Kaleo Geschichten von seinem Vater aus der Zeit, als er ein Junge war. Ab diesem Tag wurde Kaleo kräftiger und selbstbewusster. Kaleo war immer kräftig und selbstbewusst gewesen, ohne dass es ihm klar gewesen war, aber als er Kai kennenlernte, entwickelte er sich zu einem besonders starken jungen Mann, von dem er niemals dachte, dass er es jemals werden würde, werden könnte. Kaleo hatte Kai viel zu verdanken. Nun wusste Kai, wie kräftig, selbstbewusst und stark er wirklich war. Bevor Kaleo Kai begegnete, hatte er nicht einmal im Geringsten geahnt, wie viel Stärke wirklich in ihm steckte. Kaleo heiratete später eine schöne Frau und bekam Kinder mit ihr. Diese wiederum bekamen Kinder, ebenso die Kindeskinder und so weiter.«

»Und dann, Nalu? Was passierte dann?« Die Geschichte reißt mich in den Bann.

»Irgendwann kam ich.«

»Wie? Was? Kaleo war dein Ururur…?«

»Ganz genau, Liebes.«

Ich blicke auf das Säckchen, werde etwas traurig. »Was hat das mit dem Säckchen, das du mir geschenkt hast, zu tun? Ich weiß immer noch nicht, was ich dich lehren soll. Ist es nicht eher andersherum, dass du mich etwas lehrst?«

»Tue ich das denn nicht?« Nalu grinst verschmitzt.

»Jetzt, wo du es sagst. Heute bin ich ein Stück weit weiser geworden. Aber was lehre ich dich?«

»Nun, Kalea, die Geschichte ist noch nicht zu Ende.« Er fährt fort: »Kaleo dachte viel über das Leben nach. Er lehrte uns viel und sagte, dass drei Dinge entscheidend seien, um ein gutes Leben zu führen: dass man es lebt. Dass man liebt. Das Dritte sage ich dir gleich. Diese Geschichte erzählte er seinen Kindern, die diese wiederum ihren Kindern erzählten und so weiter. Beim Gespräch mit meiner Lehrerin erfuhr ich von all diesen Dingen. Ihre Vorfahren waren Mitglieder von Kais Stamm. Mit fünfzehn Jahren also erfuhr ich die drei Dinge, die im Leben wichtig sind.« Nalu hält inne.

»Nalu, allmählich werde ich ungeduldig.«

Er lacht. »Ich weiß, Liebes, ich mache es dir nun wirklich nicht leicht.«

»Ist schon gut.« Ich lächle. »Verrätst du es mir? Was lehre ich dich? Was ist in dem dritten Säckchen?«

»Mach es auf.«

Ich atme tief ein und ebenso tief wieder aus. Ich wende mich dem braunen Leinensäckchen vor mir auf dem Tisch zu. Ich nehme es in meine Hände. Ich betrachte und drehe es und rieche daran. Es ist warm, weich und liegt angenehm in meinen Händen. Ich öffne die Schlaufe. Heraus kommen eine angenehme Wärme, die ich an meinem Geist, meinem Herzen, meinem Körper und meiner Seele spüre, eine wunderschöne Blume, deren Duft meine Nase beglückt, ein zwitschernder Vogel, der meine Ohren erhellt, ein wunderbarer, unsichtbarer Hauch, der nach Apfel schmeckt, und eine kleine Fee, die Nalu zuerst zuzwinkert, bevor sie sich mir zuwendet: »Kalea, du bist die Bestimmte. Für dich ist dieses Säckchen bestimmt. Geh fürsorglich damit um, es wird dir immer nützen.« Die Fee verschwindet mit den anderen Dingen wieder im Säckchen, das sich selbst verschließt.

»Meine liebe Kalea, du lehrst mich die Demut.«

»Die Demut? Wie …«

»Bevor du zum Imbiss kamst, da habe ich dich am Strand sitzen gesehen. Du saßt so ruhig und zufrieden da. Begnügtest dich mit wenig.«

Ich höre schweigend zu.

»Was hast du empfunden, als du das Säckchen geöffnet hast?«

»Glück.«

»Ich weiß. Demütige Menschen empfinden Glück bei solchen Dingen. Das wünsche ich dir: dass du ein glückliches Leben hast mit all seinen Facetten. Dass du eines Tages glücklich lieben wirst. Dass du dich weiterhin demütig und glücklich deiner fünf Sinne erfreuen mögest. Ich mit meinen sechsundachtzig Jahren kann genau das über mein Leben sagen. Diese drei Dinge sind im Leben entscheidend: dass man es lebt. Dass man liebt. Dass man demütig ist. Das macht glücklich. Du, liebe Kalea, lehrst mich die Demut. Kaleo hatte das damals erkannt. Er lehrte es und gab es so weiter und weiter. Niemand hinterfragte das, sondern alle erkannten immer wieder für sich, dass tatsächlich diese drei Dinge im Leben entscheidend sind. Du bist meine Bestimmte. Das habe ich gespürt. Du bekommst mein drittes Säckchen. Du bist aber nicht nur meine Bestimmte, sondern du darfst es als deine Lebensaufgabe sehen, Leben, Liebe und Demut zu erfahren und zu verbreiten. Demütig bist du, deshalb hast du mich die Demut gelehrt. Das Säckchen ist mein Dank an dich. Mögest du Glück erfahren. Ich habe gesehen, dass du mit wenigen Dingen glücklich bist. Das wünsche ich dir: dass du Leben, Liebe und Demut verbreitest, um Glück zu verbreiten. Ich habe das jetzt geschafft. Ich bin glücklich.«

Ich blicke Nalu in die Augen.

Er ergänzt: »Diese drei Dinge sind nicht getrennt voneinander. Sie gehen miteinander einher. Sobald man alle drei Dinge erfahren hat, ist das Glück da. Versteh mich nicht falsch, Kalea, es gab Tage, da war Demut da, da war auch Glück da. Aber du wurdest mir geschickt und hast mein Glück ergänzt. Jetzt werden diese drei Dinge dauerhaft und gleichzeitig da sein. Dafür möchte ich dir aufrichtig danken. Jetzt kann ich sterben.«

Ich erschrecke. »Nalu, das darfst du nicht sagen.«

»Liebes, ich habe ein tolles Alter erreicht. Alani und ich sind gemeinsam alt geworden, ehe sie letztes Jahr von mir gegangen ist. Jetzt, auf dem Höhepunkt meines Lebens, an dem ich Leben, Liebe und Demut gleichzeitig erfahre und glücklich bin, ist der richtige Zeitpunkt, um zu sterben.«

»Warum sagst du das?«

Er lächelt nur. Das macht mich traurig.

»Liebes, bevor Nalani und ich dir die Geschichte mit den Delfinen erzählen, solltest du Folgendes machen: Am Strand, da ist eine Bank. Jemand wartet dort auf dich.«

Das mit den Delfinen habe ich ganz vergessen. Welche Bank? Wer sollte dort auf mich warten? Nalu scheint meinen fragenden Blick zu bemerken. Er lächelt nur, also mache ich mich auf zur Bank am Strand.

Alani liest mir eine Geschichte vor

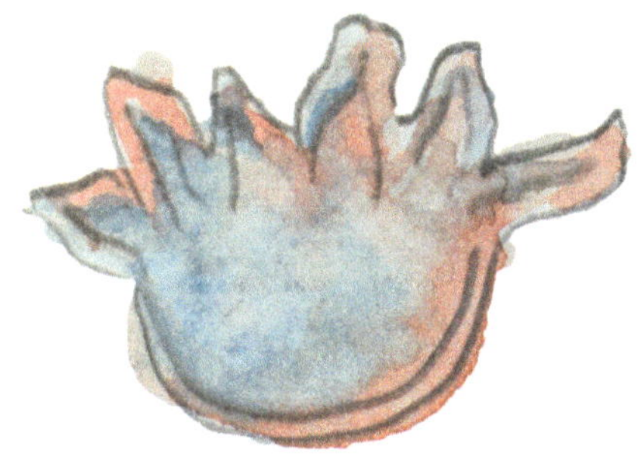

Auf dem Weg zur Bank gehe ich barfuß. Ich liebe es, die Natur unter meinen Füßen zu spüren. Ich fühle ein paar Steinchen, was sehr angenehm ist. Dieses wohlige Piksen kitzelt meine Füße. Ich nehme die Farben der kleinen Steine wahr. Manche sind braun, andere weiß und wieder andere grau. Manche einfarbig, andere zweifarbig und wieder andere dreifarbig. Ich bücke mich und hebe einen kleinen Stein auf. Ich bleibe stehen. Lächelnd wiege ich ihn in meiner Hand. Etwas kantig liegt er auf meiner Handfläche, wo ich dessen Schwere spüre. Um seine Beschaffenheit genauer zu spüren, führe ich mit meinem Arm leichte Kreisbewegungen aus, sodass er auf meiner Handinnenfläche rollen kann. Der Stein ist keineswegs rund, vielmehr ist er etwas kantig, unförmig und trotzdem schön. Er ist braun-grau mit etwas Erde daran, die meine Handinnenfläche hellbraun werden lässt. Mit meiner anderen Hand nehme ich nun den Stein und halte ihn so in die Höhe, dass er die Sonne verdeckt. Nun befindet sich der Stein so vor der Sonne, dass es wirkt, als würde er strahlen. Lächelnd drehe ich den Stein, sodass immer wieder Sonnenstrahlen aus ihm hervor- und in mein Gesicht blitzen, das ohnehin schon strahlt. Ich rieche an ihm. Es ist ein angenehmer Geruch, der in mir ein wohliges Gefühl sich ausbreiten lässt. Der Stein riecht etwas nach Erde und nach etwas, das ich nicht beschreiben kann, aber es löst in mir Freude aus. Mit einem Lächeln stecke ich ihn in meine Tasche. Während ich weitergehe, nehme ich ein knirschendes Geräusch unter meinen Füßen wahr, das dadurch entsteht, dass die kleinen Steinchen aneinanderreiben. Außerdem spüre ich die warmen Strahlen der Sonne in meinem Gesicht, die ich genieße. Ich schließe meine Augen und stehe einfach nur da. Ich stehe da und tue nichts. Ich bin. Ich bin im Hier und Jetzt. Ich bin. Einfach da zu sein ist wunderschön. Das passiert mir in letzter Zeit immer öfter. Ich stelle fest, dass der Hawaiiurlaub mir guttut. Strahlend öffne ich meine Augen und mache einen kleinen Hopser, ehe ich weiter zum Strand gehe. Nach einer Weile erblicke ich die von Nalu beschriebene Bank.

Alani, eine fünfundachtzig Jahre alte Frau, ein oranges wadenlanges Kleid tragend, mit langen weißen Haaren. Voller Liebe sitzt sie da. Wie aus dem Nichts ist sie neben mir auf der Bank aufgetaucht, war aber vorher schon da, sie hat auf mich gewartet. Sie lächelt mich an. Sie sitzt da und lächelt einfach nur.

»Hallo, Kalea.«

Verwundert blicke ich sie an. »Woher …« Ich mache große Augen.

»Keine Sorge. Ich bin die verstorbene Frau von Nalu.«

»Wie … wie ist das möglich?« Sie lächelt.

Ich werde ruhiger. Ich lächle auch. Ich fühle mich wohl. Manchmal passieren Dinge einfach. Grundlos. Sie sind einfach da. Manchmal ist es empfehlenswert, die Dinge einfach da sein zu lassen. Ohne Fragen zu stellen.

»Nalu hat mir alles erzählt. Ich will, dass du weißt, dass du dir keine Sorgen zu machen brauchst. Du bist ein einzigartiger, geliebter, liebevoller und liebender Mensch. Ich helfe dir, dich von außen zu betrachten. Du bist selbstreflektiert, aber ich möchte dich eine andere Sichtweise lehren. Schließ deine Augen. Ich möchte dich auf eine kleine Reise einladen.«

Ich fühle Glück in meinem Herzen, kann mein Erstaunen kaum fassen. Ich blinzle mehrmals, ehe ich meine Augen schließe. Lächelnd und Zufriedenheit ausstrahlend beginnt Alani, mir eine Geschichte zu erzählen:

»Draußen ist ein wunderschöner Sommertag, weshalb du beschließt, einen ausgedehnten Spaziergang zu machen. Da du der wichtigste Mensch in deinem Leben bist, geht es heute nur um eine Person: um dich. Mit einem sanften Lächeln im Gesicht und erfüllt von

Fröhlichkeit machst du dich auf den Weg. Um den Boden unter deinen Füßen zu spüren, entscheidest du dich, barfuß zu gehen. Vor dir erstreckt sich eine weite, saftig grüne Wiese, deren frischen Duft du einatmest. Du drehst dich um und stellst fest, dass du mit deinen Füßen leichte Abdrücke im Boden hinterlassen hast. Ein leichtes Schmunzeln zaubert sich in dein Gesicht. Du nimmst das Plätschern eines Baches wahr und gehst daneben her, während du aufgrund des Wassergeräusches innerlich ruhig wirst. Völlig verträumt gehst du durch die grüne Landschaft, bis dir ein zugewachsenes Gartentor auffällt. Aufgeregt gehst du darauf zu und bleibst davor stehen. Es ist ein altes braunes Gartentor, das dort schon Jahrzehnte stehen muss. Dir fällt ein Schild auf, auf dem in kaum mehr lesbarer Schrift ›Geh durch mich hindurch.‹ steht. Lächelnd öffnest du das Tor. Vor dir erstreckt sich eine Traumwelt, dein perfekter Wohlfühlort. Du trittst ein und befindest dich nun in einem Garten, der all deine fünf Sinne ansprechen wird. Voller Vorfreude schließt du das Tor. Dein Blick wandert durch den Sinnesgarten und bleibt bei einem kleinen Feld voll von Blumen stehen. Ganz nah trittst du heran und atmest den frischen Blumenduft ein. Du lächelst. In ihrer vollen Farbenpracht erfreuen die bunten Blumen dein Gemüt. Etwas länger verweilt dein Blick auf einer Sonnenblume. Sie steht da vor dir in leuchtendem Gelb und erfreut dich. Du denkst nach … Über Nacht lässt sie ihren Kopf hängen, um am nächsten Morgen wieder ganz groß und schön zu werden. So ist es auch mit dem Leben: Es gibt schöne Tage und Tage, an denen du

deinen Kopf hängen lässt. Immer, wenn es mal nicht
so läuft in deinem Leben, mach dir klar, dass nach
unschönen Tagen wieder Wonnetage folgen. So ist das
einfach: Es gibt gute und schlechte Tage, und nach jedem schlechten Tag folgt wieder ein guter. Entspannt
wandert dein Blick weiter. Du siehst rote Himbeeren
und näherst dich den Himbeersträuchern. Du kannst
es nicht lassen und probierst eine. Du nimmst den süßen Geschmack der Beere wahr und erinnerst dich an
die süßen Seiten im Leben mit guter Stimmung. Genauso gibt es saure und bittere Beeren, die dich an die
weniger schönen, die sauren und bitteren Seiten im Leben erinnern. Auch die sind völlig willkommen. Mach
dir stets klar, dass nach jedem sauren oder bitteren Tag
wieder ein süßer Tag mit positiver Stimmung folgt.
Deine Aufmerksamkeit wird nun auf das Zwitschern
der Vögel, die voller Freude durch die Luft tanzen, ge-
lenkt. Ebenso hörst du ein Klangspiel mit wunderbaren Tönen: mal hell, mal dunkel, mal hoch und mal
tief. So ist es auch im Leben: Es besteht aus Höhen und
Tiefen, und nach jedem Tief folgt wieder ein Hoch.
Dein Blick wandert weiter und bleibt bei einem Stuhl
stehen, der dich einlädt, dich zu setzen. Du spürst den
Stuhl unter deinem Körper und schließt deine Augen.
Die Sonne kitzelt dein Gesicht und der Wind berührt
sanft deine Haare. Voller Freude und Lächeln genießt
du den Moment. Du bist ganz im Hier und Jetzt. Ein
Hundewelpe, der sich nur für dich in dem Garten befindet, hüpft spielend um deine Füße. Entspannt setzt
du ihn auf deinen Schoß und fühlst seine Wärme und
sein weiches Fell. Du streichelst ihn und spürst Gebor-

genheit, die sich in einem warmen Gefühl in deinem Körper äußert. Der kleine Hund springt von deinem Schoß und hüpft von dannen. Anschließend lässt du deinen Blick über den Horizont schweifen und genießt die untergehende Sonne. Der Himmel nimmt die Farben Lila, Rosa, Gelb, Orange und Rot an und der wunderschöne Sonnenuntergang macht dir deutlich, wie bunt das Leben ist. Voller intensiver und neuer Eindrücke machst du dich auf den Weg zurück. Du öffnest das alte braune Tor, das dich in den Garten geführt hat, und verlässt ihn wieder. Du gehst wieder neben dem plätschernden Bach her und wendest deinen Blick ein letztes Mal zurück, stellst aber nur fest, dass der Garten immer kleiner wird, bis er schließlich ganz verschwindet, so, als wäre er niemals da gewesen. Es macht dich fröhlich, denn dieser Traumgarten war nur für dich da: für die wichtigste Person in deinem Leben. Vergnügt und reich beschenkt, machst du dich nun auf den Weg zurück.«

Lächelnd, aber meine Augen noch geschlossen haltend, lasse ich Alanis wunderschöne Geschichte nachwirken. Ich genieße den Moment, der sich für mich unbeschreiblich anfühlt. Im Grunde genommen ging es in dieser Geschichte um nichts anderes als um Achtsamkeit. Es ging darum, meine Umgebung mit meinen fünf Sinnen wahrzunehmen. Ich habe das gemacht. Bei der von Alani erzählten Geschichte war es so, als würde ich diese wirklich erleben. Ich konnte das weiche Fell des Hundewelpen tatsächlich in meinen Händen spüren. Es kostete mich nichts, dennoch bin ich jetzt glücklich. Heutzutage zahlt man Unmengen an Geld, um irgendwelche Seminare zu besuchen, die anscheinend lebensverändernd sind. Ich sehe das so: Die Natur bietet einem unendlich viele Möglichkeiten, die umsonst sind. Diese Möglichkeiten, die die liebe Natur mir bietet und die nichts kosten, erfüllen mich zutiefst. Das ist die Natur: Sie meint es immer gut und gibt uns so viel, nur wertschätzen das die meisten Menschen nicht beziehungsweise nicht mehr. Ich bin dankbar. Denn ich bin ein Mensch, der erkennt, dass die Natur gut ist. Also nutze ich doch die Möglichkeiten, die die Natur mir bietet. Natürlich kostet mich der Hawaiiurlaub einiges. Aber das, was ich hier erfahre und erlebe, kann ich bei mir zu Hause jederzeit anwenden. Die Natur ist direkt vor meiner Haustür. Ich kann Spaziergänge machen, zu Kühen oder Pferden. Ich kann dort lesen. Ich kann Blumen pflücken, den Duft von frisch gemähtem Gras einatmen, die Farben bestaunen, Kastanien sammeln und so viele Dinge einfach genießen. Dazu brauche ich nicht viel Geld für Transformations- oder was auch immer für Kurse auszugeben.

Ich bemerke, dass ich abschweife, also öffne ich meine Augen, stelle aber nur fest, dass Alani verschwunden ist. Wie kann das sein? Sie saß doch eben noch hier. Luana macht sich bemerkbar. »Manchmal, da gibt es keine Antworten. Manchmal, da musst du die Dinge einfach akzeptieren, egal ob sie schön oder weniger schön sind. So kannst du dich selbst mehr akzeptieren.« Eine Weile bleibe ich noch sitzen und spüre tief in mich hinein. Ich finde, jetzt bin ich entspannt. Ruhig sitze ich da und versuche, einfach zu sein. Anschlie-

ßend räkle und strecke ich mich. Tief und fest atme ich
ein und aus, dann gehe ich zurück zum Imbiss.

Nalu hat dieses Grinsen. Ich gehe flink auf ihn zu.
»Nalu, Nalu, du glaubst nicht, was mir gerade passiert
ist. Das ist unglaublich. Luana hat gesagt, ich soll mich
einfach damit abfinden, das tue ich auch, aber es ist
unglaublich.«

Nalu hat jetzt dieses Lächeln. Nalani steht immer
noch neben dem Tisch und grinst über beide Ohren.

»Moment mal, was … Ihr wusstet davon?«

Schließlich antwortet Nalani: »Alani wird immer in
unseren Herzen bleiben.«

So genießen wir diesen einmaligen und einzigartigen
Moment, in dem wir alle lächeln und strahlen, als mir
das mit den Delfinen wieder einfällt. »Nalani, Nalu,
was ist mit der Delfingeschichte?«

Die beiden lächeln mich an. Nalani beginnt zu re-
den: »Liebe Kalea, du sollst wissen, dass Nalu seit
Jahrzehnten mit Delfinen schwimmt. Er sorgt sich
um sie und versorgt sie. Nalu spricht die Sprache der
Delfine.«

Ich komme aus dem Staunen nicht mehr heraus.

»Damit hast du wohl nicht gerechnet, Liebes?«, fragt
Nalu.

»Niemals.«

»Wenn du möchtest, gehen wir jetzt an den Strand
und schwimmen mit Delfinen«, sagt Nalani.

»Was? Wirklich?« Ich mache große Augen.

Nalani grinst mich nur an.

»Jetzt gleich?« Meine Augen werden noch größer.

»Na, was denkst du denn?«, fragt Nalani.

Ich blicke zu Nalu.

»Liebes, ich bin zu alt«, sagt der Alte lächelnd. »Nalani hat viel von mir gelernt, sie war eine gute Schülerin und kommuniziert ausgezeichnet mit Delfinen. Mit ihr kannst du ein unvergessliches Delfinerlebnis haben.«

Mein Mund steht offen.

»Worauf wartest du?«, fragt Nalani, die schon ein Stück in Richtung Strand gegangen ist.

Ich drehe mich zu ihr, mein Blick bleibt aber noch an Nalu haften. Ich weiß gar nicht, was ich sagen soll. Nalu lächelt nur.

»Du wartest hier?«

»Aber selbstverständlich.«

Ich renne Nalani hinterher.

Ich schwimme mit Delfinen

Mit einem kleinen Boot fahren wir hinaus aufs Meer, das nur so glänzt und glitzert. Möwen schweben durch die Lüfte und halten nach Fischen Ausschau. Wie hungrige Löwen gleiten sie durch den Himmel, an dem die Sonne schon ein Stück tiefer gesunken ist. Ich danke der Sonne, dass sie scheint und mein Leben erhellt. Ich danke den Möwen, dass sie mich mit ihrem Geschrei beglücken. Ich danke Luana, dass sie für mich da ist und mich immer liebt. Was soll ich sagen. Das, was mir diese Tage und vor allem heute an Positivem widerfährt, ist so unbeschreiblich. Es ist für mich gar nicht zu fassen, zu was für einem großen Glück kleine

Dinge führen. Es sind die guten Gespräche mit tollen Menschen, die mein Leben bereichern. Es ist das glitzernde Meer mit seinen sanften Wellen, das mich im Gleichgewicht hält. Es ist der strahlend blaue Himmel, der durch den Stand und die Wanderung der Sonne seine Farben verändert. Das ist Leben. Nichts anderes als das ist Leben. Ich brauche keine teuren Schuhe. Ich brauche keine teure Tasche. Was ich brauche, ist genau das: Leben inmitten der Natur, die mir jeden Tag neue Geschenke bereithält. Ich halte nicht viel von materiellen Geschenken, sie machen mich einfach nicht reich. Wovon ich aber viel halte, sind solche Erlebnisse. Sie sind es, die mein Leben lebenswert machen.

Ich schließe meine Augen und atme tief durch. Als ich sie wieder öffne, lächelt Nalani mich an und lehrt mich das Wesen, den Charakter und die Eigenschaften der Meeressäuger. »Delfine haben ein ausgezeichnetes Gedächtnis, zudem sie sind intelligente Tiere. Das scheinst du auch zu sein, sonst wären sie nicht deine Lieblingstiere.«

Ich lache.

Nalani zwinkert mir zu, ehe sie weiterredet: »Delfine sind mitfühlende und selbstbewusste Tiere, die über Rhythmusgefühl verfügen.«

»Oh«, sage ich. »Das habe ich auch. Ich liebe das Tanzen und die Musik. Ich bin auch empathisch und mitfühlend.«

»Du bist ein besonderer Mensch, Kalea, dafür kannst du dich wirklich schätzen.«

»Dankeschön. Erzähl mir mehr über die Delfine.«

Nalani lächelt. »Delfine haben ein ausgeprägtes Ich-

Bewusstsein, handeln planvoll und können komplexe Aufgaben lösen. Außerdem zeigen sie ihre Zuneigung offen und sind fähig zur Kommunikation, so können sie Gespräche führen. Dass Delfine Menschenretter sind, weißt du bestimmt.«

Ich nicke. Ich kann nicht aufhören, Nalani zuzuhören. Die ganze Bootsfahrt über erzählt sie von ihren Erfahrungen mit Delfinen, als Nalu ihr Lehrer war, was sie bei ihm alles gelernt hat und dass sie selbst gerne mal ein Delfin wäre. Ich komme aus dem Lächeln nicht mehr heraus. Die Sonne wendet sich allmählich zum Horizont, als wir anhalten.

Freudig grinst Nalani mich an.

»Hier sind wir?«, frage ich.

»Hier sind wir.« Nalani zieht ihre Kleidung aus, setzt sich eine Taucherbrille auf, gibt mir auch eine und springt ins Meer. Ich entledige mich meines Kleides und mache es ihr nach. Das Meer ist angenehm warm. Ich sehe mich um und bin überwältigt. Wo kommen auf einmal die vielen Delfine her? Nalani schwimmt mitten unter ihnen und streichelt ihre glatte Haut. Ich tauche auf, hole Luft und schwimme zu Nalani, die mich anlächelt und mir zu verstehen gibt, dass ich die Delfine küssen und streicheln kann. Ich schenke ihnen meine Liebe, kann mein Glück kaum fassen. Das ist Glück, denke ich mir. Das ist unerwartet. Ich bin zur richtigen Zeit mit der richtigen Person und den wunderschönen Tieren am absolut richtigen Ort. Ich bin schwerelos. Fühle so eine Leichtigkeit unter Wasser. Die Delfine versammeln sich um mich, ich bin mittendrin und fühle mich als Teil ihrer Gruppe. Einer schwimmt ganz nah an mich heran, ich scheine ihm zu gefallen. Er umarmt mich mit seinen Brustflossen. Ich umarme ihn, drücke ihn ganz fest und genieße die Berührung dieses vertrauensvollen und treuen Lebewesens. Es ist eine so zärtliche Berührung. Seine Haut fühlt sich so weich an. Der Delfin senkt seinen Kopf und zeigt mir seine Liebe und Zuneigung, die ich nur erwidern kann. Ich berühre sanft seine Rückenflosse und küsse ihn. Mein Kopf befindet sich in ungefährer Höhe seines Schnabels, den ich küsse. Er hat so schöne Augen. Ich genieße diesen unvergesslichen, unvergleichlichen und wunderschönen Moment, der nur mir gehört. Die anderen Delfine scheinen etwas von ihm zu wollen. Ich gebe meinem Delfin den Namen Sophia, der griechisch ist und »die Weisheit« bedeutet. Sophia bleibt noch bei mir und streckt mir ihren Schnabel entgegen. Sie will, dass ich ihn küsse, was ich tue. Ich küsse einen Delfin. Wir genießen diesen Moment voll von bedingungsloser Liebe und Zuneigung. Dieser Moment ist einfach unfassbar und wird für immer in meinem Gedächtnis abgespeichert bleiben. Ich genieße das einfach nur: die Berührungen, die untergehende Sonne und das salzige Meerwasser, das gelegentlich seinen Weg in meinen Mund findet. Freude und Glück erfüllen meinen Körper und nicht nur das. Meine Seele und mein Geist werden aufgefüllt mit Akzeptanz und Zärtlichkeit. Ich genieße die glitzernde Sonne, die mein Gesicht kitzelt. Außerdem nehme ich das Geschrei der durch die Lüfte kreisenden Möwen wahr. Wellen schwappen in mein Gesicht, während die salzige Meeresluft meine Atemwege von

Ballast befreit. Ich tanke Energie inmitten des Wassers unter der sich dem Horizont zuwendenden Sonne.

Nach einer wundervollen Weile schwimmt Sophia zu den anderen Delfinen. Ich blicke zu Nalani, die mir zu verstehen gibt, dass ich auftauchen soll. Was für ein prächtiger Anblick. Die Gruppe von Delfinen springt aus dem Wasser und schwingt sich durch die salzige Meeresluft. Sie tanzen vor uns. Nalani und ich kommen aus dem Grinsen, Kichern, Lächeln, Lachen, Staunen und Strahlen nicht mehr heraus. Die Delfine spritzen Wasser aus ihren Blaslöchern, die sie zum Atmen und Überleben brauchen. Was für ein Spektakel.

Nalani sagt: »Sie werden gleich weiterschwimmen.«

Ich bin begeistert. So ein tolles Erlebnis. Ein paar der Delfine entfernen sich allmählich, einer aber schwimmt erneut zu mir her. Das muss Sophia sein. Ich bin überglücklich. Sie pfeift mich an, berührt mich immer wieder mit ihrem Schnabel. Sie neckt mich. Sophia spielt mit mir. Sie schwimmt um mich herum und erlaubt mir, mich an ihrer Schwanzflosse festzuhalten. Ich lasse mich von ihr durch das Wasser ziehen. Die anderen Delfine entfernen sich jedoch immer mehr, also umarmen wir uns ein letztes Mal und Sophia und ich küssen uns. Ich lasse diesen magischen Moment sacken, ehe ich zum Boot zurückschwimme, auf dem Nalani bereits wartet.

»Das war …« Ich finde keine Worte.

»Sprich es nicht aus.«

Ich fühle es. Die Sonne verschwindet immer mehr im Wasser, und es ist ein wunderschönes Bild, die

Delfine aus dem Wasser springen und auf die Sonne zuschwimmen zu sehen. Ich bin nur noch sprachlos. Und einfach überglücklich.

Schweigend fahren Nalani und ich zurück an den Strand und gehen das Kliff hinauf zu Nalu, den ich nur anstrahle. Mittlerweile verstehe ich Nalus Sprache gut. Ein Lächeln sagt mehr als tausend Worte. Eine Weile sitzen wir drei einfach nur da und genießen die untergehende Sonne am farbenprächtigen Himmel.

»Kalea, es ist spät geworden. Nalani macht mich bettgehfertig. Du bist ein besonderer Mensch, vergiss das niemals.«

Ich schaue Nalu tief in die Augen. Er erhebt sich von seinem Stuhl. Nalani stützt ihn. »Ich bin gleich wieder bei dir.« Die beiden bewegen sich vom Tisch weg.

»Nalu.« Er dreht sich um.

Ich kriege kein Wort heraus. Was ich aber fühle, ist ein Stück mehr Dankbarkeit, Selbstakzeptanz, Selbstliebe, tiefe Demut und tiefen Respekt.

»Ich weiß, Liebes, ich weiß«, sagt er nur. »Ich liebe dich.«

»Ich liebe dich auch, Nalu.«

Ich sitze da. Denke nicht. Ich sitze einfach nur da. Ist das heute wirklich passiert? Ich bin sprachlos. Erfüllt von Glück blicke ich auf den dunkler werdenden Abendhimmel mit seinen bunten Farben. Ich denke an Nalu, der ein wunderbarer und wunderschöner Mann ist, äußerlich wie innerlich. Unglaublich. Ich höre die Ruhe und Stille, die nicht nur in der Luft, sondern vor allem in meinem Geist liegen. Ich bin der letzte Gast des Imbisses. Genieße die Stille, als ich Schritte höre. Es ist Nalani. Sie setzt sich mit einem Glas Wasser neben mich, lächelt mich an und bemerkt meinen Gesichtsausdruck.

»Ein Tag, den du niemals vergessen wirst, was?«

»Das kannst du laut sagen.«

Sie blickt lächelnd auf ihr Wasserglas. »Möchtest du mir verraten, was du heute dazugelernt hast?«

»Liebend gerne, Nalani.« Ich sammle mich. »Ich habe außergewöhnliche Erfahrungen gemacht, hier empfinde ich tiefe Dankbarkeit. Das Gespräch mit einem weisen alten Mann …« Nalani lächelt. »Das Säckchen voller Magie. Die Geschichte von Alani. Die Delfine.« Ich blicke Nalani an, doch sie grinst mich nur an. »Das Gespräch mit dir, hier, jetzt, für das ich dir sehr danke. Zu guter Letzt mein inneres Kind, meine Liebste, Luana, die Glückliche. Ich folge meinem Herzen, voller Selbstvertrauen gehe ich meinen Weg. Ich bin glücklich, selbst wenn ich unglücklich bin. Das Positive ohne das Negative ist nur halb so wertvoll. Ich liebe mich selbst. Ich habe Selbstakzeptanz ein wenig mehr gelernt. Ich habe gelernt, dass es gut ist, sowohl positive als auch negative Erfahrungen zu machen. Aus negativen Erfahrungen kann man lernen, und ich tue nichts mehr als das. Ich liebe das Lernen. Ich liebe mein Leben. Ich stehe auf, wenn ich einen Rückschlag erlitten habe. Ich gehe gestärkt daraus hervor, denn ich bin eine Kämpferin, die niemals aufgibt. Das Leben ist wie eine Leiter.«

Nalani blickt mich lächelnd an. Wir verstehen uns

ohne Worte. Sie hat sich schon ähnliche Gedanken gemacht.

»Ich bin dankbar für alles, was war, für alles, was ist, und für alles, was sein wird. Mein Leben ist einmalig und einzigartig. In mir sind Freude, Liebe und Licht. Das ist Leben. Dieses Licht trage ich hinaus in die Welt.«

Nalani erhebt sich und lächelt mich an. Sie geht zum Tresen des Imbisses und macht das Licht aus. Ich höre noch ein paar Schritte, dann ist es still.

Alleine sitze ich nun da, ehe ich aufstehe, um barfuß, reich an Eindrücken, an den Strand zu gehen. Ich setze mich dorthin, wo ich am Vormittag auch gesessen habe, neben mir Luana. Ich genieße das Rauschen der Wellen, den lauwarmen Sommerabend und den Blick in den Himmel voller Sterne. Luana und ich sind Seelenpartner. »Für immer«, sage ich aus Versehen laut.

Nalu geht

»Kalea!« Nalani kommt zu mir an den Strand gelaufen. Traurigkeit ist in ihrem Gesicht.

»Was, was ist passiert?«, frage ich.

»Es geht um Nalu.« Sie bricht in Tränen aus. Ich ahne es bereits. »Ich war gerade noch mal bei ihm. Sein Körper war ganz kalt.«

Tränen kullern meine Wange herunter. Er wusste es, denke ich mir. Trauer legt sich über mein Gesicht. »Das tut mir so leid, Nalani.« Wir umarmen uns. »Kann ich irgendetwas für dich tun?«

»Kommst du mit mir mit?«

Wir gehen zu Nalu. Er liegt da, in seiner Kleidung. Ich blicke eine Zeit lang in sein Gesicht. Ich sehe Frieden. Leben, Liebe und Demut. Ein Lächeln. Meine Hand fährt über seine, eine Träne kullert meine Wange herunter. Es ist traurig. Mir tut es für Nalani leid. Aber sie wird es schaffen. Natürlich wird sie es schaffen. Leise weinend sitzt sie neben mir am Bett. Ich stehe auf und lege meinen Arm um sie. Ich sehe viel Stärke in ihren Augen.

Ein paar Tage später nehmen wir im Meer von Nalu Abschied. Am Strand bleibe ich bei Nalani stehen und umarme sie. »Leben, Liebe und Demut. Vergiss das niemals.«

Sie schmunzelt. »Und Glück. Vergiss du das niemals.«

»Nein, das tue ich nicht. Nalu hat sein Glück gefunden. Ich schätze es, ihm begegnet zu sein und mit so einem besonderen Menschen Bekanntschaft geschlossen zu haben. Er ist glücklich und lächelnd gestorben. Er hat sein Lebensziel erreicht. Kann das Leben schöner zu Ende gehen?«

»Nein.«

»Du bist traurig. Das ist in Ordnung.« Ich bin es auch. Ich akzeptiere die Trauer. Ich scheine dazugelernt zu haben, denn ein Lächeln lässt meine Lippen sich bewegen.

»Von mir fällt aber auch etwas ab.«

Ich schaue Nalani fragend in die Augen.

»Der Tod ist jetzt weniger schlimm für mich. Beim letzten Mal, also dem Tod meines Vaters, war ich hoffnungslos. Das ist jetzt gar nicht mehr so. Ich bin erleichtert. Das Leben ist viel zu kurz, um hoffnungslos zu sein, und lang genug, um Leben, Liebe, Demut und damit einhergehend Glück zu erfahren. Nalu hat das erreicht. Ich bin froh und stolz zugleich. Er hat es geschafft und ich habe ein Lebensziel.«

Ich blicke sie erwartend an. »Was ist es?«

»Diese Dinge auch zu schaffen.«

»Das wirst du, Nalani, das wirst du.«

Ich verabschiede mich von ihr und wünsche ihr alles Gute. Gestärkt und reich an Eindrücken, Erfahrungen und Erlebnissen gehe ich am Strand entlang. Luana geht mit mir. »Demütig bist du«, flüstert sie mir zu. »Die Liebe zu mir und meine Liebe zu dir sind auch schon da. Ganz bald tritt der Mann deines Lebens in dein Leben, das spüre ich.« »Ach, du spürst das?« Ich lächle. »Vergiss nicht: Liebe, das ist ein Prozess mit guten Tagen und weniger guten Tagen, ähnlich der Leiter. Das mit dem Leben machst du schon gut. Ich bin stolz auf dich, dass du das für dich erkannt hast. Das Glück ist stets auf deiner Seite und ich auch.« »Ich weiß.«

Alleine stehe ich nun am Strand, in meinem Kleid, barfuß und mit lockerem Dutt. Mein Kleid flattert im Wind. Ich blicke auf das Meer, fühle den Hauch des Windes, genieße das Rauschen der Wellen und schmecke die salzige Meeresluft, die ich tief einatme. In meiner rechten Hand halte ich Nalus Säckchen, das ich mit einem Lächeln anblicke. Begegnungen mit anderen Menschen machen mein Leben reicher. Ich bin stolz auf mich. Ich bin glücklich. Ich liebe mich selbst und bin bereit für die Liebe zu einem anderen Menschen. Bereit, mich auf die Liebe einzulassen, die Liebe außerhalb der Selbstliebe. Jetzt, in diesem Moment, akzeptiere ich mich als die, die ich bin, mit all meinen Gedanken, Gefühlen und Verhaltensweisen. Das ist es, was zählt. Ich, Kalea, liebe mich. Ich vertraue mir selbst. Ich stehe zu mir. Für immer.

Epilog: Deutschland

Ich sitze in meinem Lieblingscafé mit den besten Kuchen der Stadt. Selbstverständlich gönne auch ich mir ein gutes Stück Kuchen und trinke dazu Kräuterlimonade. Draußen scheint die Sonne und ich höre Erwachsene und Kinder, die sich lautstark unterhalten. Ich sitze drinnen, es läuft angenehme Musik. Ich denke zurück an Hawaii. Hawaii hat mich verändert. Was soll ich sagen: Ich nehme jetzt mein Leben in die Hand. Ich treffe meine eigenen Entscheidungen. Wenn ich jeden Moment die für mich bestmögliche Entscheidung treffe, gibt es im Nachhinein nicht den geringsten Grund, diese zu bereuen. In meinem Leben war nicht immer alles gut. Das ist in Ordnung. Jetzt mache ich das Beste daraus. Ich liebe mich selbst, und mein inneres Kind, Luana, liebt mich auch. Immer und überall. Mit meiner größten Geduld und Hingabe werde ich die Beziehung zu Luana, meinem geliebten inneren Kind, pflegen, damit wir immer voll übereinstimmen. Die Liebe in Person habe ich noch nicht getroffen. Aber wenn es so weit ist, dann werde ich es merken, dann werde ich es fühlen und dann werde ich bereit und glücklich sein. Liebe ist schön.

Ich werde den Mut aufbringen und mich wieder abhängig machen. Für das Schönste auf der Welt: die Liebe.

Danksagung

An dieser Stelle möchte ich mich ganz herzlich bei Marie-Laure Kolb bedanken, die viel Zeit und Mühe in die Anfertigung der Illustrationen gesteckt hat. Danke, Marie-Laure, sie sind wundervoll geworden. Mein großer Dank gilt weiter allen lieben Menschen, die mein Manuskript gelesen, kritisch beäugt und mir großartiges Feedback gegeben haben. Ihr seid die Besten.